许右史 ◎ 著

分肥游戏

Feast
of
Power

江苏凤凰文艺出版社

图书在版编目（CIP）数据

分肥游戏 / 许右史著. -- 南京 : 江苏凤凰文艺出版社, 2025. 9. -- ISBN 978-7-5594-9585-3

Ⅰ. I267

中国国家版本馆CIP数据核字第20250UV461号

分肥游戏

许右史 著

责任编辑	项雷达
图书监制	古三月
选题策划	刘昭远
版式设计	姜　楠
封面设计	人马艺术·储平
责任印制	杨　丹
出版发行	江苏凤凰文艺出版社
	南京市中央路165号，邮编：210009
网　　址	http://www.jswenyi.com
印　　刷	三河市宏图印务有限公司
开　　本	690毫米×980毫米　1/16
印　　张	15.5
字　　数	222千字
版　　次	2025年9月第1版
印　　次	2025年9月第1次印刷
书　　号	ISBN 978-7-5594-9585-3
定　　价	59.80元

江苏凤凰文艺版图书凡印刷、装订错误，可向出版社调换，联系电话025-83280257

本书所涉及历史部分，含有作者个人的创作与演绎成分，史论观点或有错谬，愿与方家商榷，不吝赐教。

目 录

权可谋身　亦可谋国
王权篇

皇帝不给的，你不能抢　/　003
皇帝为何斗不过权臣　/　013
所谓权力之巅，亦是孤独之境　/　021
帝位易得，帝权难守　/　029
女人想在古代当皇帝，难度有多大　/　037
太子即位路上最大的障碍是谁　/　043
如何在皇子夺嫡中活下来　/　051
都是朕的钱，还要朕感谢他们吗　/　061
他贵为天子，却一生都在被决定　/　071
皇帝可以随心所欲吗　/　079

王侯将相　宁有种乎

臣子篇

古代能冒名当官吗 / 091

古代小兵如何成为将军 / 099

辞官水太深，你把握不住 / 107

明朝强力反腐，为何仍止不住贪官 / 115

新手知县上岗指南 / 121

兵无强弱　强弱在将

军事篇

为什么古代私藏盔甲是重罪 / 131

士兵杀敌，为何还要取下敌人首级带走 / 139
古代将军重兵在握，为何轻易自杀 / 145
安史之乱为何不可避免 / 155
古代骑兵：兵种中的王者 / 165

聪明不过帝王　伶俐不过江湖

平民篇

乱世到底有多乱 / 177
乱世中地主的命运 / 187
为什么那么多人相信张角 / 197
奴隶主为什么虐待奴隶 / 203
古人真的"孝"吗 / 211
一举高中万骨枯 / 219
古代死士为什么愿意为雇主而死 / 227

权可谋身 亦可谋国

／王权篇

Feast of Power

皇帝不给的，你不能抢

俗话说"虎毒不食子"，可历史上却频频发生皇帝为了稳固地位，对自己的儿子下毒手的事情。皇帝杀子，本质上是为了除去自己的政敌。可明明是自己的儿子，看管得紧，基本上不会造老爹的反，为什么历史上还是出现了那么多皇帝杀子的事？

你是一位皇帝，在位期间励精图治、征伐四方，几乎实现了前无古人的宏图伟业。回望自己登基以来的成就，你不仅发自内心感到自豪，而且深信这份功业能让你成为千古一帝，名垂青史。

很多皇帝都想做些事情成就自己，比如修建千古奇观，广撒金银引得万国来朝，又或者对外征伐、开疆拓土。你选择了征伐外敌这条路，并且深知这是非做不可的。因为一旦成功，帝国的北方就不会再受到侵扰。即使有一天帝国分裂，他们也不会轻易威胁到你和你的百姓。

然而这种战争不是简单派几个将军就能完成的，整个国家都必须成为替战争服务的机器。很大一部分赋税都要用来支持军队。原本轻徭薄赋的税制变成了苛捐杂税。前几代皇帝"无为而治"积攒下的家底在短短几十年间被你挥霍一空。之前的长期和平使人口得以增长，而你的几次征伐导致人口锐减。土地兼并问题没有得到缓解，反而在执行了你的各种命令后变得更加严峻。后来的几年又发生了大旱，你因忙于外战无暇赈灾，导致你的治下十室九空，饿殍遍野。之后，关内爆发了前所未有的大暴乱，几乎推翻了你的王朝。短短几年内，原本看上去无人能敌的帝国突然变得虚弱破碎，甚至有了亡国的征象。

但你绝非亡国之君。在意识到国内问题后，你停止了对外扩张的步伐，开始专注于国内百姓的生计，努力恢复民生。然而，统治一个庞大的帝国并不简单，要让这台高速运转的政治机器停下来，你需要恢复法度、调整人事、安抚民心，这些都需要时间。过去的帝国是为对外征伐而打造的战争机器，每一条命令，每一项法律，甚至地方到中央的官员任命，都与战争紧密捆绑。你明白很多事情已经不是你这一代人能够完成的，只能交给后人。而这个后人，就是太子。

你的儿子并非废物，甚至可以说是"老子英雄儿好汉"。当太子的三十年间，他做事四平八稳，从来没有过任何僭越行为。给你这样精明能干的父皇当太子，可能是这世上最难的任务。如果表现得过于积极进取，加班加点干工作，就有可能被你视作要夺权；如果表现得太过窝囊，又会被认为难当大任，还是逃不过被废的命运。因此，在过去的三十年里，他能够在这条"钢丝"上行走得如此平稳，表现得游刃有余，你心里明白他也是一个强者。在他成年后，你也历练过他几次，自己外出的时候让他代理朝政，看看他水平如何。结果不出你所料，每次代理朝政，太子都认真处理政务，从来不敢怠慢，没有出过任何差错。你对太子的表现非常放心。唯一让你不满的就是，有几次他推翻了你之前判的案子，而没有考虑你的政治意图。

如今政策转向，太子更适合当接班人了。与你偏好法家酷刑和严厉治理的理念不同，太子从小就受到儒家教育的熏陶，他的治国理念更偏向于儒家。如今你已年老体衰，想要让这个国家彻底转向是不可能的了。但只要等太子登基，让他贯彻自己的执政理念和方针，再过十几年，这个帝国就会恢复稳定。秉持着这种理念，你选择坚定地支持和培养太子，甚至有意壮大他的势力，好让他上位后能更快地推行仁政。

然而，权力是非常复杂的东西。你以为是自己在操纵权力，但实际上，权力每时每刻也在熏染、控制着你，你本能地想要稳固手中的权力。你害怕自己被人遮掩耳目，害怕被权臣架空，害怕边疆的将军们发动叛乱，害怕另一股政治势力将你猝然打倒，而太子派，这个由你亲自认可、亲手扶植的势力，恐怕就是这样一股独立于你之外的强大势力。每当这种念头浮现，你都会用理智强行压下这股邪火。尽管如今太子和他的支持者在朝中的声音越来越大，但你相信太子不会急于造反。

可惜的是，你能够控制住自己的念头，却控制不住别人的。很多人已经意识到这个帝国要转向了，朝堂上的许多酷吏要员是靠着严刑峻法和操办冤假错案上台的，他们未来该何去何从？太子上台之后，他们将面临什么样的命运？很可能被太子革去职务，当作反面典型遭到惩处。这是所有靠着迎合之前的政策而上位的官员所必须考虑的问题。因此，即使很多人没有直接接触过太子，但已经与太子有了不共戴天之仇。

就这样，一股"倒太子"的势力悄悄抬头。他们的能量非常弱小，但还是能做出一些事情来的，比如打小报告。这些人本来就是靠着操办冤假错案而上台的，现在打起小报告来更是得心应手。太子在某一个宫殿里待得太久了，他们就向你暗示太子去那里其实是想染指你的后宫。听到这个，你也没当回事，反而给太子加派了三百宫女，搞得太子有点不知所措。这群人见此计不成，又开始从其他方面找太子的不是。

有一次太子太傅在东宫向太子汇报事务，很久才出宫，这群人闻讯如同野狼嗅到猎物，趁机罗列了太子太傅图谋不轨的大量证据，然后又拿太子与太傅深夜仍在宫中议事的事，想要将太子拉下马。

你听到他们的举报后大怒。虽然你心里感觉蹊跷，但此事非同小可，你选择了相信，将太子太傅全族处以极刑，同时把太子叫到宫里狠狠地训斥了一顿。

原本这事就这么过去了，过上一段时间，等你的心情平复，也就不会再有什么事情发生，但是太子派这边却不干了。相较于已老眼昏花且长期居于深宫的你，太子派将这件事看得一清二楚。他们明白，朝中已经形成了一股不小的倒太子势力，这可不是他们所能容忍的。这群人中的很多在三十年前太子被确立后，就开始为其效劳。这三十年间，他们苦苦隐忍，为的就是有朝一日太子登基，他们能够得到更高的官位。于是，太子派展开了反击，找出所有倒太子的人，同样罗织罪名向你告状，想要将倒太子派打下去。

奇怪的是，太子派的对手并没有联合起来还击，甚至还牺牲了几个人来顶罪。太子派见到这群人如此软弱，再也没有了忌惮，更加积极地将倒太子派的成员往大狱里送。

过了一段时间，倒太子派看起来已经没有了任何气候，但他们却开始了反击。一天，你忙完政务，正准备回去休息，突然几个人哭哭啼啼地闯进了宫殿。这几个被暂时放过的大臣个个魂不守舍，不顾宫中守卫的呵斥和驱赶，直接跪倒在你的脚下哭诉："陛下，我们为您当牛做马半辈子，如今就算忧累至死也在所不惜。可太子身边的几个人看我们不顺眼，处心积虑地想要除掉我们。为了太子的声望，我们只能隐忍不发，没想到他们到现在都还不收手，这是要把我们赶尽杀绝啊！"

忙碌一天的你身心俱疲，被他们这么一闹，更加心烦意乱。你心里大概清楚是有两派人在你面前搞事情，但你没有精力细究，你必须将有限的精力和时间放在你认为有用的地方，比如为自己赶造陵墓，尽快平定国内的忧患，以及处理后宫的琐事。让他们斗去吧，他们斗得越狠，你就越发清静。然而，在这让你颇为不耐烦的哭啼中，一个人的话突然击中了你："我们蒙陛下天恩多年，即便今生身首异处，也没什么遗憾的了。可太子身边的那些人要是不满足于此，不肯收手怎么办？"声音虽小，却准确而透彻地传进了你的脑海，引起了无数思绪。

太子已经做了三十年，他身边的人也已经等了他三十年。这群人的为政观念历来与你相左，对他们来说，现在正是推翻你的最佳时机。之前战事一直在赢，因此他们掀不起什么风浪。可是如今苛捐杂税搞得天怒人怨，最近的一次远征也无功而返，正是他们作乱的好时候。他们若是把你打倒，不仅不用承担任何骂名，还可以借着你这几年的作为彻底抹黑你的形象，把自己弄得像是在替天行道。

对你来说，这样的后果是无法接受的。你呕心沥血，心怀霸业，想成为仅次于秦始皇，甚至比肩于他的人物，而不是一个被后人诟病的暴君。

想到这些，你有些失去理智。不管太子派是否真有此意图，也不管太子自己到底是怎么想的，所有的火苗都必须被掐灭。

这时，跪着哀求你的人敏锐地觉察到你神色里的微小变化，他们知道，这个计策得手了。

几天后的一次寻常朝会，就在很多人以为这只是例行公事时，你的屠刀已高高举起。廷尉宣布罪名的声音飘扬在大殿里，一场空前的清洗开始了。很快，许多人被你投入大牢，有的被问罪后直接斩首弃市，有的连家族也遭受株连。这些人中有将军，有文臣，甚至还有一些不担任实职的儒生，但他们都有一个特点，那就是与太子或多或少有所关联。

如此规模宏大又有指向性的清洗，即便是再迟钝的人也能解读出其中的政治意义。太子派的人原以为占据了上风，却被这突如其来的当头一棒打得措手不及，很快落了下风。曾经低调的倒太子派之流终于能够全力出击，对太子及其党羽展开全面攻击和打压。不过此次清洗虽拔除了许多太子派，但尚未触及太子本人，直到一个更加恶毒的举报浮出水面。

有人上书朝廷，称皇后和太子宫中埋着诅咒皇帝的木偶。这种诅咒人的木偶也就是巫蛊之术，其实是你年老之后沉迷于修仙和炼丹的"副产品"。上行下效，既然皇帝信这些，那么下面的人就会投其所好。这个情报令你怒火中烧，怪不得你的身体愈发不中用，原来真的有人在咒你。

但你还没来得及发作，太子这边先急眼了。以往你虽然隔段时间就会敲打他，但基本上都是适可而止。可现在进宫想要找你，你都拒之不见。太子掌管军队的舅舅如今已经去世多年，太子母后也不受宠了，想要通过母亲来和你沟通，也不可能。随着身边的亲信一天比一天少，整日提心吊胆的太子再也没有了定力，他开始有了大胆的念头：既然你迟早要对他动手，那何不先下手为强呢？至此，你们父子之间的关系再也无法挽回。

那是一个寻常的夜晚，你正在别宫休息。夜色深沉，一片寂静，正当你昏昏欲睡之际，一阵急促的脚步声打破了宁静。你起初以为只是小事，不以为意，直到下人奔入殿内，跪倒在地，声音发颤地禀报："都城……都城起火，叛乱了！"

你怔了一下，随即心中一紧，脱口而出那个你早有防备的名字。果然，是他！这个逆子，终于还是动手了。起初不知道是谁在作乱，直到下人来报。这个消息让你有些吃惊，接着是愤怒，这个逆子果然心怀不轨！

所幸太子起事仓促，等到天亮，这场叛乱基本上就被平息了。不过混乱中太子畏罪逃跑了。

听到这一消息，你雷霆震怒，当场下发圣旨：无论太子在哪里，必须捉回来问罪。

之后的日子里，你的怒火有一丝消退，但依旧不能平息。皇权是无人可以忤逆的，哪怕是太子也不行。你一直盘算着抓回太子后该如何问罪，却没想到太子在快要被追到时竟然自杀了。

消息传到宫内,大殿内所有人都沉默了。你坐在龙椅上,得知太子的死讯,你的身体颤抖着,牙关紧咬,多么希望这是假的啊。可太子的死讯,一定是各级官员一层层确认才敢发过来的,根本不可能出错。你脸上的肌肉不自觉地抖动着。在大臣面前,你必须控制自己的情绪。

你突然想起,以往上朝时,太子都陪侍在你的旁边。若是他发现你的脸色这么难看,一定会第一时间为你传唤太医。遇到大臣谏言时,太子也会主动帮你参谋。

"我的儿子啊!"你几乎吼叫着哭了出来。你向殿内畏畏缩缩的大臣们讨要你的孩子,可回应你的只有死一般的沉默。

几个月过去,冤情渐明。终于,有大臣冒死上疏道:"陛下与太子向来恩礼深厚,太子行事素谨,绝无悖逆之心。今之变,实为奸臣挑唆,太子受屈已甚。纵有微过,受杖责已足。"

你伏案静听,沉默良久。那夜你未曾流泪,此刻,却止不住泪水涌出。这不是天子的眼泪,而是一个父亲的哀哭。

你派人彻查旧案,构陷太子的一党纷纷下狱,或被诛杀,或被籍没。一年前,你曾默许他们将太子逼入绝境,如今却亲自下诏:"太子忠孝,实遭构陷。赐谥曰'戾',以正其名。"

但你深知,太子已经回不来了。他在湖县兵败自杀,尸首早已腐烂,与你生前未有诀别。你不忍将他迁葬回长安,唯恐他的魂魄不愿归来,便命人在他死之处建"望思台",复其东宫旧制,陈设书卷、衣冠,如其生时模样。

你日日登台遥望,仿佛还能听见那个温厚孩子的声音:"父皇,儿臣惶恐。"

夜里，你独自坐在台前，久久不能入眠。你想起那年他初立为太子，你曾亲手授他箴言；想起他上疏劝谏你远佞臣，推赤子之心，却被斥为"忤逆"；想起那最后一次父子相见，他欲言又止，而你转身不顾。

你自以为稳握权柄，能定乾坤，却终究保不住自己的骨肉。如今国事犹在，而你心中空落，已无所依。

"若他尚在人世，定会劝我莫再大开杀戒。"你想，"那就停了吧。"

你淡淡地挥手告诉内侍："让外面所有的审讯和逮捕都停下吧。"

这不是仁慈，而是你最后一点父爱。你恨不能让这世上所有人都随他而去殉葬，但你知道，那孩子若仍在，一定会摇头。

"活下来吧。"你说，声音低得几不可闻，"卑微的仆人们，这是我对那个孩子，最后的温柔。"

皇帝为何斗不过权臣

在古代,常有一些权臣利用各种手段逐步架空皇帝,甚至最终取而代之。在彻底被废黜之前,皇帝仍保留名号,为何不能下圣旨让那些仍效忠皇室的人接管军队和中枢机构;为何不可以振臂一呼,率领自己的亲卫杀死权臣,而是一蹶不振,毫无反抗之力呢?

你是一个普普通通的皇子，尽管你的母亲得到皇帝的恩宠，但因为不是正室，你基本上与皇位无缘。你还没有长大，你父皇却突然离世，因他未能妥善处理身后事，朝廷内部爆发了太监和太子舅舅（大将军）之间的内讧。

这场冲突从文斗升级到武斗，最终导致双方人马同归于尽。一个镇守边疆的将军原本只是想进京维稳的，但当他赶到京城时，却发现此时京城内大权旁落，自己竟然可以靠着手里的军队掌控朝廷了。

从此，这位长年为帝国镇守边境，曾被认为忠勇无双的将军变成了擅自废立、权倾朝野、祸乱朝政的权臣。由于太子年纪较大且不易控制，经过深思熟虑后，他决定废掉太子，重新选立一位皇子来当皇帝。而这个新皇帝至少得有两个特点：母家势力必须最弱；年龄不宜太大，以便掌控。这样选来选去，你竟然成了将军心里最合适当皇帝的人选，被推到皇位上。

由于这时的你年纪太小，很多事情你都只知其表而不知其里。你只晓得父皇去世了，接着一个将军莫名其妙地将你推上皇位。这人对你和你的随从态度并不友好，甚至抢走了很多属于你的东西。

后来，你听说关东的豪强士族们看不下去了，组成了联军，派三十万兵马前来攻打他。这个将军对你的态度突然来了个大转弯，他毕恭毕敬地跪在你的面前，告诉你这些人其实是跑来推翻你的。如果他兵败了，这些关东豪强不仅会废掉你，还会杀掉你和你所有的亲人。你当然听不懂话里的虚实，只是害怕自己和亲人被关东联军杀掉，所以你听从了他的建议，逃到了旧都。

朝廷因为连续几代的昏庸皇帝和各地此起彼伏的起义而权威受损，抵达旧都后，并没有什么人来响应你这个小朝廷，你在这里的日子甚至比不上当地富裕的地主。幸运的是，在这个地方，将军对朝廷的控制力减弱了。终于，一些忠于皇室的人开始站出来主持局面。随着你年龄的增长，在老臣们的教导下，你也慢慢开始懂得一些道理，看懂了目前的局势。你到现在才明白原来这个将军坏到了极点，而讨伐他的关东联军虽然名义上效忠朝廷，实际上却各怀鬼胎，不得不防。目前你能做的，就是尽量借助关东联军摆脱这个将军的控制，同时还要恢复朝廷的威严，在战争结束后立即解散或者控制关东武装力量。

可惜天算不如人算，你的计划还没有正式实施，那个将军就吃了败仗，退守旧都，再次掌控了朝廷。当然，他也不傻，知道自己不在的这段时间朝廷肯定有猫腻，所以利用各种借口清除异己。关东联军见旧都不好攻打，装模作样了一段时间后就原地解散，然后拉帮结派互相讨伐起来。

朝廷里一些有胆识的大臣意识到关东豪族已经不再可靠，开始另谋主意，毕竟这会儿仍然有一大批人念着皇室的旧恩，内心依然忠于皇室。很快，有人靠着反间计拿下了这个将军。原本不可一世的将军倒台了，但他手下大大小小、派系林立的军事头目们并不安分。这群人原本就是行伍出身，对朝廷更没有什么敬畏之心。他们上殿时不仅不遵守礼仪，更有甚者竟然带着兵器面圣。

此时的关东豪强中若是有人真心忠于朝廷，绝对可以趁此机会一鼓作气拿下他们。可惜这群人现在都只顾着争抢地盘，没有人愿意帮助朝廷。朝廷自顾不暇，他们就可以明目张胆地互相征伐，若是把朝廷解救下来，对谁而言都是一个包袱。

后来，占据朝廷的小头目们的内讧不断升级，甚至有一次因为争斗，有人直接把箭矢射到了你的门外。同时，因为灾荒和瘟疫的蔓延，你们这个小朝廷不得不四处流浪，寻找一处可以安身的避难所。

这一上路，你意识到真正的危险才刚刚开始。首先是粮食短缺，由于失去了号召力，没有人愿意主动进奉粮食，你们经常断粮。即使你贵为皇帝，很多时候也只能勉强喝口小米粥填饱肚子。而那些品级较低的官员，甚至会因为分不到粮食被饿死。更恐怖的是，如今天下大乱，法度全无，一路上都有强盗盯着你们，每次劫掠都造成无数伤亡。更多时候，一群快要饿死的平民前来争夺粮食，你们也只能无奈地将他们杀死。

最后就在你们快要走投无路时，一个势力较大的军阀前来迎驾。与其说是迎接天子，倒不如说是收留你们。这个军阀对你毕恭毕敬，没有丝毫怠慢，这让你和全体臣下都很感动。你对身边的人感慨道："这才是真正的忠臣啊！"没过多久，你封他为大将军，他提供了自己的兵马为你清剿了之前那个将军的残部。在你和朝廷众臣看来，这个大将军就是能匡扶皇室、恢复社稷的大才。

只可惜现在的局面有些尴尬：名义上你是皇帝他是下属，但你的朝廷已经无法在任何地方建立起自己的税收系统，你和你的朝廷所有的物资供给都要依赖这个大将军。因此你所有的旨意都要经他同意方可下达。

在皇权稳固时，权力是自上而下逐级认可的。但是一旦到了乱世，皇家威信崩塌，权力的重建就需要从下往上进行。大将军现在之所以有权力，不是因为你这个皇帝封赐给他，而是因为他手下的几位大将认可他的领导地位。大将之所以有权力，是因为他们手下的将官觉得跟着他们有前途。而将官之所以有权力，是因为他们手下的士兵明白跟着他们就有饭吃。在这支自下而上重建的军队里，圣旨的分量甚至不如一纸地契来得实在，因此朝廷根本不可能去插足大将军手底下的军队。

至于内政，朝廷还是有一些操作空间的。大将军现在控制着一些相对稳固的地盘，在这些地方粗略建立了一套靠文官来运行的统治体系。这些文官大多曾受皇家任命，所以还是有那么一些人心里是向着皇室的。靠着这些人，你们这个朝廷偶尔能够得知大将军的一些动向，有时候也能稍微干预一下他的政策。但也仅此而已。大将军早就建立起了独立于朝廷的中枢机构。这套机构从上到下认的都是大将军的玺印，即使有官员想要帮助朝廷，你在朝廷已被架空。你愤然写下一道密诏，藏于衣带之中，命忠臣联络外臣，共谋诛逆。可惜事泄，相关之人相继被诛，宫中贵人也被牵连。未能幸免。

随后，大将军借机清洗朝臣，皇后自此被幽禁深宫，皇子日渐失宠。她虽仍存一丝希望，企图待时而动，却不知自己的命运已在此刻注定。

借着你的名望，大将军的征伐之路越来越顺利，转眼间就成了中原第二大军阀。他的势力原本不够大，想要借着你这个小朝廷成就自己，而现在你们在他眼里似乎成了累赘，因此他对你的敬意也少了。

后来，大将军成为中原第一大势力，被封为丞相。在老百姓看来，大将军平定四方劳苦功高，所以被皇帝你任命为丞相。可事实是这份委任状根本就是出自大将军之手，只不过借用了一下皇家的玉玺罢了。现在只要大将军愿意，他想怎么封自己都行，已经完全不需要征求你这个已经被削弱到极致的小朝廷的意见了。

大将军成了丞相，可以名正言顺地设立自己的丞相府，之后完全不需要朝廷的帮助，就可以发布自己的命令了。

有一次，一个议郎向你陈述当前的天下大势，试图献计助你重新掌控朝政。大将军知道后竟然直接杀了他，以警示朝廷里所有不安分的人。你听到这个消息后又悲痛又愤怒，悲的是如此忠臣你却没能保护好他，怒的是丞相如今竟飞扬跋扈到敢随便杀掉你的朝臣了。有一次，他单独谒见你。你再也忍不住心里的怒火，骂道："公若是能辅佐我就辅佐我，若是不能辅佐，我大可以将你罢免。"这时你身边的带甲卫士还是自己人，你只需一声令下，就可以将丞相剁成肉泥。意识到这一点后，丞相赶紧退出了大殿，一想到刚才的场景就后怕得汗流浃背。

从那以后，你们之间的矛盾进一步激化，丞相再也不与你单独见面，你也因此失去了杀他的机会。不过，即便有机会，你也不可能做这种蠢事。中原如今之所以还算安定，都是靠着丞相，若是真的杀掉他，他的手下可能会推举出新的头目。而更有可能的情况是他们会失去控制，成为乱军，借着为丞相报仇的名义把朝廷劫掠一空。

支持朝廷的人又少了很多。毕竟大多数官员都会权衡利弊，之前朝廷还有一些话语权，很多人想借此投机；可如今朝廷大势已去，丞相虽然名义上是丞相，但他的权力跟皇帝已经没有什么区别了。与其在朝廷这艘破船上每天提心吊胆，还不如踏踏实实跟着丞相做出点成绩来。当然，还有一个原因是，有一部分忠臣被丞相用各种手段除掉了。

现在的朝廷已经没有任何反抗之力了。一枚可有可无的玉玺，几个围绕在你身边的忠臣，不过百人的贴身侍卫，这些就是开国百年的皇家所留下的东西。一般人到了这个地步肯定会选择认命，彻底沦为傀儡。但你内心不甘，你不愿意祖辈们传承下来的皇位就这样断送在你的手里，哪怕这其实不是你的责任。毕竟朝廷沦落到如此地步，都是因为之前连续几代皇帝昏庸无道。

因此，你想尽办法寻找光复皇室的法子。直接刺杀丞相是行不通的了，如今他根本不会给你两人单独相处的机会。而且，如果直接杀掉丞相，丞相集团的接班人就会接手军队，你们将会遭到血腥的报复。可是依靠文官集团也是没有希望的，丞相手下曾有那么多愿意帮助朝廷的文官，却没有掀起任何风浪。事情到了这种地步，只能拼死一搏，从丞相手下的武将那里想办法了。

其实丞相手下的武将们不是铁板一块，他的武将来源复杂，有些是起兵之初就追随他的，有些是斟酌时局后主动投靠过去的，还有些是打了胜仗后招揽过来的降将。只要能冒险说服四五位武官，将丞相一举拿下，再让这几个人稳住丞相的大军，那么事情就有可能成功。

虽然丞相府对你的监控极其严密，但靠着仅有的几个忠心耿耿的手下，你竟然真的在丞相的眼皮子底下成功说服了几个武官一起参与这次行动。这些人除了一两个是真心忠于皇室外，大多数人都是在丞相手下不得志但又有野心的武官。

你们的计划是这样的，你先声称自己有要事相商，将丞相召至宫内，然后让侍卫将其制服。在必要时，几位武官也会暗中协助，控制丞相手下的大军，同时清洗丞相一系的军将，甚至对丞相家族采取行动，避免大军哗变或推举新的领头人。

这个计划看似有板有眼，可实际上漏洞百出。首先，计划牵涉的人员太多太广，下到卫士上到朝臣武将，甚至包括你的后宫都有参与，让消息泄露的风险大幅提升。其次，行动方案经不起推敲，你什么时候通知丞相，丞相什么时候进宫殿，外面的武官什么时候动手，是先控制军队还是先去血洗丞相一家，这些问题你们不得不反复推敲确认。可是由于你们只能靠密信联系，所以起事时间被无限期推延搁置。

不出意外，你们的密谋很快就泄露了。得知消息的丞相彻底撕掉了之前的面具，带着大军杀进了宫殿。看着眼前杀气腾腾的丞相和他那些面无表情准备大开杀戒的手下，你面无惧色，毕竟你已经尽最大的努力尝试过了，就算是死，也是带着皇家的尊严和荣耀死的。你没有什么好后悔的了。

只不过丞相这次并没有打算取你的性命。毕竟他无论多么得势，终究也是个权臣，现在杀掉你，他不仅会背上弑君的罪名，而且还会激起全天下人的愤怒，被群起而攻之。这次他下手的目标是你的后宫，毕竟你的皇后和嫔妃也参与了这次行动。他打算把她们都除掉，同时让你立他的女儿为皇后，每天监督你的行踪，免得你再出什么幺蛾子。

皇后得知消息后躲在了皇宫的墙缝里，结果还是被一众军士们找了出来。当这个曾为天下万民之母的女人，这个陪你共度患难、为你生儿育女的女人就这样披头散发、赤脚被带走时，没有什么比这更让你无助和羞愤的了。

皇后被带走前苦苦哀求你施救，而你只能捂住脸别过头去，毕竟你连自己的命都在别人手里，哪里还有能力保护其他人呢。

此事之后，丞相不仅血洗了除你之外所有参与此事的人，还把你的儿女全都毒死。这不仅仅是报复惩戒，更是降低你今后搞事的可能。毕竟没有继承人，你本人夺权的动力将会变少，而且这也会削弱你对其他潜在支持者的吸引力，毕竟没有几个人看好连继承者都没有的统治集团。

从此，你彻底失去了反抗能力，只能陪着丞相和他的家族演了一场又一场"好戏"。每一场戏后，丞相的地位都更加稳固。你本以为你的最后一场戏是禅让，演完之后他们将不再需要你配戏，能给你一个痛快。但是，他们并没有杀你，因为他们还要你好好活着，来给天下世人演最后一出大戏：展示他们家族的宽厚仁义，对前朝皇帝也能如此善待。可只有你明白，这样的禅位背后隐藏着多少血腥和阴谋。

所谓权力之巅，亦是孤独之境

　　秦始皇身为中国历史上首位大一统皇帝，为什么不立太子？如果册立太子，或许可避免其逝世后那一场乱事，使大秦帝国不至于二代而终。始皇帝这样做的缘由何在？我想，他应该是历史上最孤独的人，孤独到不再相信任何人。

你是秦国人，但却是在赵国出生的。你身为贵族，身世却比普通人坎坷得多。不幸的身世将贯穿你整个人生，影响你未来的命运。

你的父亲嬴异人是秦王的儿子，因为他和母亲都不受秦王的喜爱，他被送至赵国做人质。当时秦赵两国关系紧张、频繁交战，你的父亲常常躲在屋子里不敢出来，生怕被赵国人当出气筒。就在所有人都觉得你的父亲迟早会完蛋的时候，一个叫吕不韦的商人出现了。

吕不韦这个人也将贯穿你前半生的生命轨迹。这时的吕不韦是个二十来岁的年轻人，继承了家里的产业。虽然累积了千金家财，但依旧是被王公贵族们看不起的商贾，钱财随时都有可能被巧取豪夺。

吕不韦看到你的父亲时，意识到他的机会来了。苦苦耕田可以获利十倍，贩卖珠玉可获利百倍，当官拥立国君则可以获利无数，泽被后世。秉承着这种理念，吕不韦开始"投资"你的父亲，欲帮他获得秦国的王位。

在此期间，你的父亲不仅衣食住行有了保障，而且有了钱财在赵国政坛上下打点。有一次，你的父亲在吕不韦的府上看中了一个名叫赵姬的舞女，他很是喜欢，于是向吕不韦索要。这个舞女也深受吕不韦的喜爱，但一想到之前已经在你父亲身上投资了这么多，一咬牙，吕不韦还是把这个舞女送给了你的父亲。之后满打满算十个月，这个舞女就生下了你，她也被立为正式的夫人。

你的童年是在赵国度过的，生活谈不上多惬意。因为身份特殊，你是跟赵国王孙们混住在一起的，当然，你的身边还有一些其他国家的质子。赵国子弟们经常仗着身份和地位欺负你们这些质子。其中，你和来自燕国的太子丹是最难对付的。你们俩惺惺相惜，在这里结下了深厚的友谊。同时在吕不韦的运作下，你父亲的地位逐渐上升，或许用不了几年，秦国就会召回你的父亲，你们全家就能够返回母国了。

但是突然发生的一件事打乱了你们的计划：秦国开始围攻邯郸。原本只是嘴上威胁的赵国此时真的打算杀了你的父亲来逼迫秦国后撤。意识到大事不妙的吕不韦当即开始发挥他的"钞能力"，用足足六百斤金贿赂了一个城门的小守卫，让他夜晚开城门放你的父亲和他逃出去，投奔秦军大营。计划执行得很成功，你的父亲和吕不韦成功逃出赵国，而你和母亲却被留在赵国。赵国众人更加愤怒，打算杀掉你们娘俩，幸好你母亲的娘家全力相救，你们才躲过了一劫。

之后，你的父亲在秦国被立为太子，你们娘俩被接了回去。在离开赵国的路上，你和母亲坐在马车上，一边庆幸自己能够逃出生天，一边思绪万千。你从未喜欢过赵国和那些虚伪的赵国子弟，但那里还是有你留恋的人。每次打架，那个来自燕国的小孩总是被揍得和你一样惨，可他每次都愿意与你共同面对那些挑事的赵国子弟。很多时候，你只要随便拿几个小东西就可以从那个小孩手里换来好多来自燕国的好东西。邯郸的烟火已经彻底消失在你的视野之外，你不禁想象如果他也能跟你一起回秦国该多好。你手里握着那个小孩临行前送给你的玉佩，遐想着过去和将来。

回到秦国后，你的生活美满了许多，不再有烦人的军士定期检查你家，所有卫士、王公贵族，都要匍匐在你的身前。没过多久，你的父亲继承了王位，你被封为太子，待遇也更上一层楼了。这时所有人都是开心的。你的父亲从朝不保夕的质子成为一国之君，你的母亲从寂寂无闻的舞女变成了王后。而当初那个放手一搏的吕不韦也终于得到了回报：从一个商人变成了秦国的丞相，如约被封为文信侯，并获得了洛阳十万户的食邑。

短短三年，你的父亲就死了。虽然当时的人均寿命确实不高，但三十五岁就死掉还是让人惋惜的。或许是年轻时在赵国为质压力太大，或许是成为秦王后处理了过多政务和后宫琐事，他还来不及向你交代后事就快马加鞭地向秦国的历代国君报到去了。父亲的葬礼过后，便是你的加冕典礼，你成了秦王。

此时的秦国已经初步具备了统一中原的实力，但由于你还年幼，所以大部分事务都由丞相吕不韦和你的母后赵姬处理。

与此同时，许多传闻在民间流传。有人说你的母后在赵国一边服侍你的父亲，一边跟丞相私通，还有人声称你的母后已经跟丞相旧情复燃了，甚至有些流言从民间流到了宫中，被加工一遍后再从宫中流到了民间。

你迈入二十岁后，开始想要掌控朝政。丞相是个很识时务的人，老老实实地将大权交给了你。至于你的母亲，你虽然听到过那些流言蜚语，但心里并没有把它们当回事。你是秦国的王，你要看的是帝国的版图，要听的是臣子们的言语，要处理的是来自帝国大小郡县的政务，那些无稽之谈不配入你的耳。至于有人私传你是丞相的儿子，这样的事情在你这种天生的政治人物面前是不值得一想的。

这时候的你有太多事情要处理，此时的秦国已非昔日那个跟魏国因为河西、河东争得头破血流的小国。到你即位之时，秦军早已在北方夺取了上郡以东地区，占有河东、太原、上党三郡；东面推进至荥阳，先后灭掉东、西二周，设立三川郡。你刚接手这个帝国时，它吞并了巴、蜀、汉中，跨越宛县占有郢都，设置了南郡。你刚接手时，它吞并了巴、蜀、汉中，跨越宛县占有郢都，设置了南郡。而如今，秦国开始设置东郡①。你和你的臣子们在这样的版图里看到了一种可能：将来，你不只是齐桓公、晋文公、秦穆公、宋襄公、楚庄王那样的霸主，更将拥有广阔的领土，东至大海，西至陇西，南至岭南，北至河套、阴山、辽东，所有的这些地方将不再有征伐，不再有杀戮，只需少数将士镇守边疆，大多数人可以生在故地，老在故地，被埋葬在故地，不再因某个谋士的计策去死，不再为某个王公的霸业而亡，一切都将结束，一切都将重新开始……

这期间，也有一些小插曲发生：你那躲在深宫里久不见人的母后突然现身，告诉你她身体不适，希望搬去宫外居住。你没有多想就答应了这个请求。

突然有一天，几个臣子慌慌张张地找到了你，跟你说起了你的母后。他们慌乱的神色，紧张的表情，让你意识到他们说的都是真的。秽乱后宫，私养男宠，这一切突破了你的想象。曾经养育你、保护你，陪伴你长大的母后是她；欲求不满，为了私欲与宰相私通的是她；在你父亲死后扶持你登上王位，帮你除掉僭越之人的是她；跟男宠嫪毐相爱到难舍难分，以至于为他生下孩子，为他的孩子谋夺王位的也是她。你的心情从来没有如此复杂过，这还是你的母亲吗！

你下令有司彻查此事，没想到这个嫪毐竟然发动了叛乱。他如今在你母后的支持下成了仅次于吕不韦的第二大势力，然而在你看来，他的反叛是如此可笑，不过是跳梁小丑，螳臂当车罢了！可是你的母后依然选择站在他那边，这令你痛心。你对嫪毐的仇恨超越寻常，你要他死得有些特别——车裂。他们生下的两个孩子，你下令让人装在袋子里打死。至于你的母后，

---

① 东郡，中国古代行政区名。秦王政五年（公元前242年）置，治所在今河南濮阳市，范围包括今河南省东北部、山东省西部。

你看着这个人老心未老的女人，没有一丝怜悯，跟群臣商议后，就把她赶出咸阳，迁到雍地的萯阳宫居住。虽然你在一年后迎回了母亲，但是经过这一劫，你不再相信女人。从此，无论是谁讨得你的床榻之欢，你都不会再对她产生任何感情。这是为了你自己，也是为了这个帝国。

至于因为此事被牵连的吕不韦，你还是想放他一马的。无论如何，他曾全心全意地帮助过你，还为大秦做出了巨大贡献。最让你感激的是，他当年明明可以在你父亲死后，趁着你们母子势弱行伊尹之事，但他却没有。当你宣布独理朝政后，他毫无怨言地让位，就好像权力于他不是成瘾的毒药，而是增添乐趣的调剂品罢了。

对于这样的人，你心里其实没什么恨意。而且秦国之所以能有今日，靠的就是广纳贤才。当年秦孝公靠着一张求贤令撬到商鞅这样的大才以及山东六国的才子，大秦才得以从偏隅小国一跃成为今天的强国。遵循着尊重人才的基调，放过他，你感觉没有什么大问题。

因此你只是罢免了吕不韦的相位，把他遣返到曾经的封地，不许他再出现在咸阳。但这一做法引得群臣议论纷纷。吕不韦犯下如此大不敬之罪，竟然可以安然返回封地，你们之间到底是什么关系？当年你的母亲赵姬刚被送给你的父亲就怀上了你，这到底是巧合还是有某些不可告人的秘密？

当你意识到流言因为你的一时仁慈再次流传起来时，你的愤怒达到了顶点。你突然意识到了帝王的无奈——你的一举一动代表的不仅仅是你的个人情感，还是整个帝国的方向和意志。

再后来，秦军的攻势已经直逼幽燕，你勾画的那个帝国眼看快要成形了。就在这时，你曾经的朋友燕太子丹派遣使者前来求和，带来了燕国督亢的地图和秦国叛将樊於期的首级。秦国上下得知这个消息都很高兴，大家知道大王你和燕太子丹的深厚交情，所以没有往别的地方想，包括你。你以为你和燕太子还是朋友，却不知他已与你结下不世之仇。

他当年到秦国做人质时，你虽对他足够礼遇，他却觉得自己受了极大的羞辱。与那使者一同到来的不仅有樊於期的首级和地图，还有一个足以置你于死地的阴谋。

图穷匕见之时，你才看到了这张为你织起的大网。这张网不仅要带走你，还要带走你勾画了多年的宏图霸业。你曾经经历过数次危机，但从未有一次如此直接、简单又致命。一个亡命徒、一场谎言、一把匕首，差点摧毁一个帝国的统治者。与荆轲绕柱搏斗之时，你绝望地发现，那些曾经口口声声宣称效忠于你的群臣，俨然成了局外人。严苛到极致的秦法此时似乎要置你于死地：上殿群臣按律不得携带兵器，而守护在外的甲士按律不得进入内殿。整个大殿没有一个人愿意为你抵挡刺客，所有人都躲在一旁欣赏着这精彩而又疯狂的一幕。最讽刺的是，直到一个与你关系疏远的太医用药袋击中刺客，你才有机会拔出佩剑还击。经历了这一切，你越发感受到独立于高处的孤独和苦寒。

你坐在王座上，回想爹不亲娘不爱的三十多年，发现没有人真正值得依靠，你能信任的只有自己。既然如此，不如彻底投身到惊天动地的大事业中去吧！去创造一段辉煌的历史。纵然是孤家寡人，也是千秋万代的孤家寡人！

来吧，征服！

你有雄兵百万，有悍勇的武将和治世的良臣。你终于吞并六国，前无古人地一统天下。不仅如此，你还想出一整套治理国家的方案，把百姓的衣食住行各个方面安排得明明白白。你废除分封，把大权牢牢掌握在自己手中，实现了前所未有的中央集权。这些事从来没人干过，很多人都不服。不服的就让他们憋着，闹事的有一整套严酷刑罚等着他们。很多人不理解你，百姓怨声载道，但那又如何？这些声音不会传到你的耳朵里，他们也不会站在你所在的高处，看到只有你看得到的长远未来。你就像是一个从现代回到过去的穿越者，你看得太远，没人和你有同样的视野，你注定是孤独而伟大的。

后宫乱政给你带来的教训太过惨痛，历历在目。你的母亲明明曾是善解人意、体贴丈夫、温柔贤惠的女人，但一旦掌权就和你成了死对头。所以你不立皇后，不立太子，因为你知道权力太可怕了。

你所做的无一不是开天辟地的大事业，大殿里回响着臣民们歌功颂德的话语，但你看得见这些人眼里的恐惧，明白身边之人其实没有一点真心。

上天并没有因为你开创了千秋伟业就对你格外优待，人终究逃不过生老病死。心中的雄才大略耗尽了你的精力，让你积劳成疾。你逐渐明白，自己已经没有时间了，可儿子还太软弱，撑不起你打下的江山。你只能提起毛笔，用尽最后的力气留下一封诏书，安排了自己的身后之事。

你看着写完的诏书，心中一阵凄惶。回望自己的一生：亲情、爱情、友情都离你太远，能想起的只有一点君臣之情和自己的壮志豪情，你真的活成了一个孤家寡人。在弥留之际，你甚至没有可以托付天下的人。你哀声叹道：上天对我何等不公，国家刚刚统一，我还有很多事情没来得及做。

你不求有人理解，只想再向上天求些时间，实现心中抱负。你只觉胸口一痛，吐出一口鲜血，诏书还没来得及交给使者就暴毙而亡。那一年，你只有五十岁。

帝位易得，帝权难守

许多人都难以理解，为什么刘备这样杰出的人，却生下了刘禅这样不争气的子嗣。为什么刘禅有诸葛亮这样的能臣辅佐，仍落得亡国的下场？"此间乐，不思蜀"这句话更是引发了诸多争议。那么，刘禅真的是一个毫无作为的无能之辈吗？

你出生在战乱时期,你的父亲是刘备。小时候,你与名将赵云一起在长坂坡七进七出,这是你幼时唯一的考验。十六岁那年,父皇死在了白帝城,国家的重担便落在了你的肩上。所幸父皇给你留下了一支可靠的班底,你的丞相便是被称为"天下第一谋士"的诸葛亮。父皇临终前告诉丞相,若你有足够的才干,他可以辅佐你;若你昏庸无能,丞相则可以取而代之,自己成为皇帝。话说到这个地步,丞相本可以做个权臣,像北边的司马家那样逐渐壮大,最后顺势篡位称帝。但父皇与丞相之间的情义及丞相忠贞的观念使他从来没有动过这个念头。

你平平稳稳地让丞相为你摄政,直到成年。你长大稍稍介入政事后才发现治国不是那么简单,像史书上的那些皇帝一样每天勤勤恳恳,国家就可以富强。治国需要受过良好教育,具备足够天赋,懂得识人用人,同时不被下属蒙蔽。有时候,皇帝掺和太多,反而会把国家往后拖。你的父皇当年就是因为忙于政务,完全疏忽了你的成长和教育。几番思考后,你决定放手。有相父在,把事情都交给他去处理,国家至少能够保持安定。

后人翻阅史书,总认为你对丞相的信任是理所当然的。但其实彻底信任一个人需要见识和胸怀。一个足智多谋、资历丰富的谋臣,加上一个人丁兴旺的家族,稍有野心,便会成为另一个司马懿。但你还是无条件地信任他,甚至尊称他为相父。相父说要北伐,你就全力支持;相父说要提拔谁,你也满口应承。尽管父皇曾告诉过丞相，"如其不才，君可自取"，但你仍如此信任，毫不设防，这何尝不需要胸怀？

你知道自己水平不够，因此明智地选择不干预手下的行为。历史上那么多皇帝，明知道自己的能力有限，还是硬着头皮对手下进行干涉，因为他们知道只有这样才能让手下时刻明白权力来源于谁。能够放手让手下去做，自己完全不插手，说明这个皇帝对自己的权力有足够的自信。

相父每次北伐前，你都依依不舍，很多人以为你是假装的。毕竟没了相父的监督，你就能在宫中更加放肆，不必担心做了离谱的事情会受到批评。然而你没有想那么多。这声"相父"不是一个称呼那么简单。你的父亲对你缺乏关爱，去世也很突然，完全是依赖相父的支持，你才能走到今天。你们的关系绝不是普通的君臣那么简单。

你二十六岁那年，相父最后一次北伐，也许他意识到些什么，给你洋洋洒洒写了一封信，叫作《出师表》。这次出征，他果然没有回来。相父去世后，一个名叫李邈的大臣以为可以借机攻击他，得到你的赏识。

看到他攻击相父狂妄专权、祸乱朝纲的奏折，你怒不可遏。之前那么多大臣或当面或用奏折骂你，你都无所谓。但是你不允许任何人攻击相父，攻击这个为了国家社稷操劳了大半生的人。为此，你下令处死这个叫李邈的大臣。这是你此生"唯二"主动处死的大臣。另一个被你处死的大臣污蔑你和他的妻子有染，还说是太后在其中牵线，你忍无可忍才把他杀掉。

放到近 1800 年后的今天，你会是万人拥戴的好领导。不瞎干预，专业的事情交给专业的人去做；不乱折腾，不会每天一个主意，凡事凭感觉；不冲动暴躁，理解手下，犯了错误也给他补救的机会；不瞎投资，够吃够喝开心就行。虽然手下有许多关系户，但他们个个都很有能力。可惜你这样的"二代"有个问题，那就是父辈的光环太强大，所以很多时候不是你不行，而是别人对你的期望太高。上一辈人提出了"兴复汉室，还于旧都"这样崇高而又伟大的理想，如果你达不到，就别想得到什么好的评价。

但你心里其实也明白，"兴复汉室，还于旧都"是做不到了。当年，连相父那样的传奇人物都没能成功，现在你更没有信心。自古以来，从南向北而胜者，寥寥无几，何况还是偏安一隅的蜀地。

偏安的心态不是你一人独有的。既然打不过，为什么每年还要消耗如此多的人力、物力，白白牺牲那么多年轻的生命。明知魏国比我们强大许多，为何不守住重要关隘，等着魏国人来送死，而要主动出击"送人头"？这是许多文武官员甚至大多数老百姓的心声。

即使这样，当那个叫作姜维的老糊涂顶着众人的非议向你提出要继续北伐时，你还是准了。在大殿上，这个老糊涂匍匐在你的王座下，滔滔不绝地讲了一大堆道理。什么"只有进攻，蜀汉才能生存"，什么"若是只守不攻，魏国马上就会打过来"。殿内大半臣子都对他叫骂，说他祸国殃民。"哈哈，这个老糊涂啊！"你在心里想着，"难道朝廷中还有谁不知道他说的道理吗？只是大家都不愿折腾罢了。这老糊涂原是魏国的降将，身份敏感，在朝中也没有多少根基和支持，让他统率兵马出去打仗吗？"你沉思良久，突然想起他是相父当年的学生。"那么，领兵出征吧。"你抬起手示意他起身，朝堂之上突然鸦雀无声。

相父对你的影响远比人们想象的深远。一篇《出师表》，后人最多也就是记忆背诵，而你却是真的执行它。相父在《出师表》中让你亲贤远佞，凡是里面提到的人，你一个个都用了，除了将军向宠去世得早，其余的如蒋琬、费祎、董允，你都视为重要之才。相父还让你多纳臣谏，因此当你想稍微扩充一下后宫，遭到臣下毫不留情地驳斥时，只能乖乖作罢。

相父在时，为了缓解内斗北伐，相父走后，你和群臣对北伐更没信心了,除了老姜维整天嚷嚷着北上,其他人都陷入了混吃等死的状态。然而,朝廷还是要维持下去的。当年相父在的时候,蜀汉内部就派系斗争不断,现在相父没了,你必须做点什么,免得手下直接掀摊子。蒋琬和费祎这两个荆州派和东州派的大佬,你委以军政大权。毕竟他俩从个人能力到人脉关系都能镇得住众人。然而,随着费祎去世,已经没有能压制群臣的人了。考验你的时刻到了,你要怎样任命不同派系的官员,以维持官场平衡呢?没过多久,你就交出了一份让人眼前一亮的答卷。

首先就是把降将出身、在蜀汉没有根基的姜维提拔到大将军的位子上,同时任命夏侯霸作为他的副手。在政治上,荆州派和东州派人才凋零,而尚书台也不可能一直压制益州士族不许他们进入官场。你的对策是重用丞相之子、驸马诸葛瞻。此时的诸葛瞻还有些年轻,政治经验尚欠,容易受到其他士大夫们的谤议。于是你又搬出了东汉皇帝们的绝招,利用宦官之首黄皓对士大夫群体进行压制。由于你没有给黄皓太多的特权,他虽然风纪很差,但也没有做出其他朝代的宦官那样惊世骇俗的坏事。

能对蜀汉的官场和政治局势有如此深刻的理解,说明相父这么多年对你的教导没有白费,更说明了你是有政治天赋的。

可惜魏国对蜀汉的军势优势是难以逆转的。魏国的兵锋直指成都时,虽然大家都很慌张,但没有太吃惊。这次伐蜀大军之所以能成事,是因为邓艾孤军深入,从阴平走小道凿山开路而来,当你召集群臣商讨对策时,没有一个人提出抵抗。

其实突然出现在绵竹的这支魏军虽然势头很猛,但终究是一支孤军。诸葛瞻战死沙场,导致成都没有时间建立足够的防守力量,但毕竟你们在成都经营了这么多年,敌方想要攻城还是有一定难度的。而且姜维现在出兵在外,说不定哪天就能赶回来支援。所以你召集大家过来是探讨对策,首先是能不能防得住,如果能的话怎么防,防不住的话该怎么办,是逃跑还是投降。结果这群大臣一上来就先讨论到底是向谁投降,是魏国还是吴国,没一个人提议守护成都。

接着著名的大儒谯周跳了出来,可惜他也是个投降派。他辩称,选择投降吴国,还不如直接向魏国投降。因为一旦蜀汉覆灭,吴国便难以为继。若投降吴国,便相当于承受两次亡国之辱。其实这些人都有自己的私心。如果说服你降吴,吴国僧多粥少,自己能有多大的功劳?而要是说服你降魏,魏国家大业大,到时候肯定重重有赏。

接着就有人问谯周:"你话说得好听,如果魏国到时候不接受咱们的投降怎么办?"这个读了几十年圣贤书的大儒拍着胸膛斩钉截铁地保证:"魏国必然会接受我们的投降。眼下还有一个东吴呢。为了招揽东吴,魏国到时候不仅会接受投降,还会给咱们高官厚禄,给吴国蠢蠢欲动的大臣们打个样。"

就这样,主降派们一个个装聋作哑,把心放回了肚子里头。你心里明白,要不是自己还坐在这皇位上,这帮人怕是早就回去收拾行李,连夜投奔魏军去了。

过了好一会儿,才有人小心翼翼地提了个建议——南逃。可也不是信心十足,而是权当死马当活马医。谯周则立刻摇头,他分析得头头是道:若真逃向南方,魏军必定合兵围追;而南中虽是旧地,但收复不久,百姓未附,如今再狼狈而去,只怕那边的人第一个把你绑了献给魏军邀功。

你听着众人七嘴八舌地议论,却感到无比孤独。逃,未必能逃得掉;守,又无人可用、无心可恃。你并非不愿一搏,可如今——不是你想不想守,而是你还能不能守得住。

对这些大臣们来说,投降是最优解,他们个个加官晋爵,亡国奴的骂名倒是要由你来背。散会后不久,你的儿子刘谌突然跑了出来,哭哭啼啼地表示自己宁愿死也不降,父子君臣应该齐心协力,为了蜀汉的江山而死。

你没搭理他,而是心想:你现在和我说这些话有什么用?刚刚怎么不和他们辩论?是我想投降吗?你没长眼睛吗,没看见是那些大臣们非要投降的?

最终,你在群臣的簇拥或者说"胁迫"之下扭扭捏捏地向魏国投降了。反抗有用吗?反抗的话,恐怕你刚一登上城头,这些大臣就会哗变。投降后,只有少数大臣的安全得到了保障,成都瞬间成为地狱。你的儿子被乱兵所杀,宫人也被魏国军士瓜分。你浑浑噩噩地被送到魏国,生死交到了他人手里。

在魏国,你几经辗转,终于见到了魏国的实际掌权者司马昭。他慷慨地赏赐给你封地和宅子。但是,能对着洛水发誓然后毫无负担地违背誓言,将曹爽一家赶尽杀绝,这样的家族做出的承诺根本不足为信。你相信自己如果有一天对司马昭没用了,他肯定会立即对你下手。

你被封为安乐公,不再需要处理政务,每天只需享受美食美酒,而且司马家给予的封赏比你在蜀汉当皇帝时更加丰厚。而且,你现在无论怎么享乐,也不会有人出来指责你了。当年想多招几个宫女都被口诛笔伐,如今有人主动把美女往你这里送。

有一天,司马昭把你和一些蜀汉降臣叫进宫来,为了恶心你们,故意奉上蜀国的音乐和舞蹈,然后笑眯眯地问你:"安乐公,颇思蜀否啊?"后人对你"此间乐,不思蜀"的回答嗤之以鼻,但事实上你这时候已经是一个五十多岁的老头子了,国破家亡,难道还能说我只等着回蜀国灭你们司马家满门吗?

可是之前的一些大臣不干了,认为你应该硬气点,哭着说自己思念蜀国,以保全他们的面子。

你心中一动，好啊，让我投降的是你们，让我说思蜀的也是你们。行，都听你们的。不就是想恶心人吗？那咱们就互相恶心呗。

于是，司马昭第二次问及时，你故意演了一出很拙劣的戏，其实是在告诉司马昭：我所做的一切，都是这些大臣的意思而已，那些人只会耍耍嘴皮子，最后把我们蜀汉给搞成了这样。

司马昭听了之后也是一番嗤笑，笑的不只是你的软弱，更是这群大臣的小心思。如今，即使再送你回蜀地，恐怕也没几个人愿意听从你们这些人的指挥。

事实上，刘禅这样的皇帝反而像是一张空白的试卷，大臣们给力，这份试卷就好看；大臣们不行，这份试卷也就好看不到哪里去了。

女人想在古代当皇帝，难度有多大

提起专权弄术，历史上不乏善此道者。作为中国历史上唯一一位女皇帝，武则天必然有其卓绝之处。那么，她是如何在钩心斗角的宫闱中脱颖而出，最终登上帝王宝座的呢？

公元 624 年，你出生在一个功臣之家。本以为投了好胎，但因为你的母亲并非原配，而且出身家道中落的前朝贵族，因此在家并没有什么地位。从小你就饱受同父异母的几个哥哥欺凌，从那时起你就磨炼出了隐忍、自强的性格。在你十四岁那年，皇帝召你入宫。

你从小自强，在母亲的教导下端的是举止优雅，形态端庄。皇帝对你早有耳闻，见到你后立即封你为才人。说来也怪，你入宫时，皇帝已经有了十多个子女，然而你在宫中多年却始终未有子嗣，这显然不是皇帝的问题。

后来你听说，有个算卦的人算到，在未来五十年内，有个姓武的女人会乱唐。你恨得牙痒痒，但也没办法左右皇帝的决定。尽管这段时间你未能怀上皇子，但幸运的是你常与皇帝为伴，从他身上学到了许多优点：杀伐果断、知人善任等。

这十年是最艰难的十年，按理说，凭着你的智慧和手段，你本应该成为贵妃，然而这十年你却始终是一名才人。无论你采用何种手段，哪怕得到公开赞赏，皇帝也从不给予你额外的宠爱。若是其他人，恐怕早已被这十年的孤独和挫折磨平了棱角，但你却从未放弃。

十年过去了，皇帝突然罹患重病，政务交由太子处理，你隐约感受到了一丝机会。在此之前，接触皇子几乎是不可能的，但现在你有了这个机会。

一天，太子前来探望皇帝，你恰好在场。你知道机会来了。在母亲的教导下，你掌握了吸引男人注意力的技巧。今天正是你展示魅力的时刻。果然，太子见到你时心跳加速、脸上泛红，甚至在与皇帝交谈时结巴了起来。你微笑示意太子不必紧张，并表示一会儿可以单独交流。这一举动彻底俘获了太子的心。

两年后，皇帝去世，太子登基。根据约定，未生育的嫔妃都被送至感业寺剃发为尼。然而你丝毫不慌，因为你早已做好了准备，等待着新皇帝的到来。在寺庙里，你生活了两年，有一天，新皇帝来寺庙拜佛。你找准时机倾诉自己的思念之情，泪水涟涟，这触动了新皇帝的神经。一年后，孝期满，皇帝立即接你回宫。这一举动在后宫引起了轰动，众人都将你视为眼中钉。

但你是谁？从小就受尽欺凌，你最大的能耐就是隐忍。即使后宫的嫔妃对你百般刁难，你也以礼待人，对皇后和宠妃们更是恭敬。你之所以这样退让，并不是因为她们的地位高，也不是因为她们手段高明，你只是在等待一个时机，一个足以让皇帝对你死心塌地的时机。

终于，这一刻来临了。你为皇帝生下一子，现在后宫再没有人比你更得宠，你的对手只剩下王皇后和萧淑妃了。王皇后虽然地位尊贵，但并不是特别受宠。而萧淑妃却是皇帝身边的红人，风头正盛。在与她们的角逐中，你和王皇后很快达成了共识，那就是无论如何都得先把萧淑妃给斗下去。因为在后宫生存不是简单的你斗我，我斗你，很多事情是需要讲合作的。很快，在你的配合下，王皇后成功将萧淑妃挤下台，暂时占据了上风。

没有了萧淑妃，你的锋芒开始显露。你要击败所有对手。现在你的目标只有一个，那就是坐上皇后的位置。

就在皇帝犹豫不决之际，你又给他下了一剂猛药。公元654年，你为皇帝生下了一个女儿。孩子满月之际，皇后前来看望，她把孩子抱在手中逗玩了一会儿就离开了。你知道皇帝即将到来，于是在皇后走后忍着心痛，亲手掐死了刚满月的女儿。很快，皇帝来了，他掀开被子时，可怜的孩子已经没有了呼吸。你演技爆表，眼泪鼻涕瞬间落下，哭得痛不欲生。皇帝问了周围的宫女有谁来过，宫女回答只见皇后来过，还抱了公主。皇帝怒骂道："后杀吾女，贱人！"

"废王立武"的建议招来了朝中文武的一致反对。但显然，你的计谋成功了。满朝文武没有人相信你会亲手杀害自己的女儿，于是你很快就成了新的皇后。你的实力大增，对曾经反对"废王立武"的势力进行大清洗。一时间，朝中上下都如惊弓之鸟，无人不畏惧你的威势。而且，你因为在老皇帝身边学了不少执政本领，很快成了新皇帝的得力帮手。没过多久，皇帝得了风疾，你承担的政务越来越多，执政能力也越来越强。

掌权的滋味是会上瘾的。公元683年，皇帝驾崩了。这一年，你五十九岁。你的权势已经到达顶峰，你想当皇帝，历史上第一位女皇帝，但朝中众人显然不可能允许一位女性成为皇帝。

于是，你扶持了一帮酷吏。这些人整人的手段眼花缭乱，官员们皆闻风丧胆。酷吏们鼓励告密，严格控制舆论，不许人们私下议论女皇帝的事情。只要有这样的流言传出，一律顺藤摸瓜加以铲除。这样一来，人们关注的焦点不再集中在谁应该成为皇帝上，而是转移到了自身的安危上。当朝中人人自危、怨天尤人时，你再出面将那几个酷吏头子解决，人们只会称赞你的英明决策，高呼圣明。

几年下来，你解决了挡在面前的一切阻碍，将权力牢牢抓在手里。然而随着你年纪的增长，一个新的问题出现了，那就是皇位的继承问题。你死以后皇位怎么办？是还给李家人还是传给武家人？如果还给李家，武家人一定会被清算；如果传给武家，李家同样难逃一劫。这是一个两难的选择。

你其实心里清楚，皇位是必须传给李家的。如果把皇位传给武家，必然会引发更大的混乱和清算，更糟糕的是你的名字也会从宗庙里消失。儿子总比侄子亲啊，多么简单的道理，你难道会不明白吗？明白是明白，但也不能明说。你还需要武氏家族监控朝廷。李氏旧臣对你积怨已久，要不是看你年事已高，随时有可能驾鹤西去，可能早就反了。为了避免这些人狗急跳墙，你还需要用武家人。至于皇位，那不过是你给他们的一个诱饵，让他们尽心尽力地做事罢了。

不过照现在这样的情况发展下去，你的儿子登基后，一定会清算武氏一族，这是你绝对不想看到的一幕。你要把皇位留给李氏的同时，给自己的娘家人留一条后路。

你首先想到的是让李氏与武氏两家血脉合流，两家人成为一家人，总不能自己抄自己的家吧。然而在如此重大的分歧面前，两家能否和解呢？答案显然是否定的。在权力面前，感情是不值一提的。你的单方面斡旋虽有一定作用，但远远不够。既然他们都这么重视权力，那就给他们树立一个共同的敌人吧。

你是武则天，历史上唯一的女皇帝，有什么事情能难倒你呢？你养了两个男宠，张昌宗、张易之。你不仅专宠他们，还给了他们极大的权力。二人在你的庇护下疯狂扩充势力，在朝中专横跋扈，疯狂蚕食李氏和武氏的领地。

他们是你一手扶持的"权臣"，却也无形中激发了李武两族的危机感。面对共同的敌人，这两个长期对峙的家族终于暂时放下仇怨，开始联手自保。你敏锐地捕捉到这一契机，顺势推动联姻计划，以宗亲之力稳固皇权。

敌人的敌人可以是朋友,危机之中反成合作之基。这,正是你一生所擅的政治智慧。但又有几人,真正懂得你心中布下的这盘大局呢?

太子即位路上最大的障碍是谁

在古代，太子是一国储君，即未来的皇帝。不过，太子似乎是个高危职业，能够最终顺利登基十分不易。那么，太子登基的道路上最大的障碍是什么？最主要的威胁来自何处？许多人可能会认为太子难以登基是受其他皇子或者权倾朝野的权臣干涉。但实际上，对太子来说，再没有比皇帝本人更具威胁性的了。

你是一国太子，但你不是一开始就被指定为继承人的。上一任太子，也就是你同父异母的哥哥，已经被你的皇帝老爹亲手处死了。虽然对外宣称太子身体不好，被幽禁了一段时间后死掉了，可你对这件事的内情知道得一清二楚。

你的父皇根据一些莫名其妙的消息，便推断出你的哥哥要僭越造反，只是稍加思索就安排人把太子拿下，幽禁了一段时间，审无可审后就下药把他毒死了。皇帝老爹对亲自陪伴长大的长子都这样绝情，对你这个未曾给过多少关注和爱护的次子，就更不会手软了。你对自己的前途担忧，不是没有理由的。

拒绝太子之位是不可能的，你也是个人，说对九五至尊之位不感兴趣那是假的。而且以你父亲刻薄的习性和火爆的脾气，你若是拒绝了他，他恐怕会对你下毒手。只是当太子之位真的落到你头上时，你的心情又无比复杂，其中滋味也只有你自己能体会。

人们原本以为你只是一个到了年纪就去地方就藩的普通藩王，所以除了太监和宫女，大多数人只是对你客客气气，没有过多地关注。如今你突然变成了太子，帝国未来的继承人，很多人对你的态度发生了翻天覆地的变化。从前，那些有权势的太监见了你只是按例俯身行礼，如今远远地就低头跪下，直到你走近了才颤巍巍地抬头给你请安，在得到你的允许前，他们是绝对不敢起身的。

以前你的日常起居、饮食均由宫里的内务机构按照等级来安排。如今你成了太子，不仅住进了前太子宽阔大气的东宫，衣食住行也都得到了单独安排。饭是专门的后厨做好，再由专人检验试毒后才端上来的。头冠是单独定制的，只要符合太子礼仪规格，你想在上面加多少玉石镶多少金银，都由你说了算。至于衣服，原本你的衣服是换洗后反复穿的，如今你的内外衣裳只要穿过一次就不会再出现在你的面前。伺候你的太监和宫女人数也比以往多了好几倍，他们个个小心翼翼，生怕得罪了你这个帝国的未来继承人。

然而，这种甜头背后也暗含陷阱。你如今成为太子已经有一段时间了，要开始学习如何成为一位合格的接班人。父皇最初安排给你的是接待外族使臣和替他祈福行礼的任务，你丝毫不能懈怠。

接待不同地方的外族使臣，你不仅需要提前了解他们的风俗文化，还要清楚朝廷对他们的态度和期望。既不能让这些异域来客感到被冷落，也不能让他们觉得朝廷是可以由他们随意拿捏的。

当初父皇给你安排这个任务时，他亲切地拍着你的肩膀说："这些都是小事，大胆地去做吧，出了什么问题父皇都给你顶着。"但你知道这老头子的话一个标点符号都不能信。虽然你现在看上去自由自在，但你的一言一行都被父皇严密监控着，每天见了什么人，说了什么话，做了什么事，他都一清二楚。

至于替他祈福行礼的任务，很多人可能会觉得这是最轻松、最无关紧要的工作，但实际上这才是最危险、最容易出幺蛾子的事情。所谓祈福，就是替父皇祭天祭祖，不同的时间，祭拜的对象不同，祈福的内容也不一样。

有为百姓求雨的，有为父皇祈求上天庇佑的，更多的是祈求父皇身体健康、长命百岁。这些仪式很容易被人利用检举。只要别人愿意，甚至可以指责你在祈福时礼仪不当，加罪于你。更重要的是，其他事情可能只是为了国家的利益，而祈福活动是为了父皇的安康，最能考验你的忠诚。如果父皇听信了谗言，认为你没有为他祈福，甚至在祭坛上诅咒他，那么你就可能步上你哥哥的老路。

所幸你这段时间一直勤勤恳恳，再加上有高人指点，工作上没出过什么差错。后来随着你和父皇的交流越来越多，他对你也愈加满意。

就这样，你开始大意起来，以为自己的位子已经坐稳了。有一次你直接向父皇请求分派更多任务，原本笑容满面的他听到后脸色顿时阴沉，随便应付了你几句后，就摆摆手让你离开。

父皇的转变让你大吃一惊，你知道自己肯定说错了什么，却想不出是哪句话有问题。回到宫中，和自己的智囊团商议后，他们恨铁不成钢地告诉你，虽说都是臣子，但你可不是普通臣子，其他臣子主动要求加任务那是上进，太子主动从父皇手里抢活儿，那就是活得不耐烦了。更何况你要面对的是你那心思敏感、捕风捉影、疑神疑鬼的父皇。听到这番教导，你猛拍大腿，暗恨自己为什么会干出这等蠢事。之后你立马开始了补救。虽然你对现在的工作了如指掌，但你还是装作谦虚的样子，隔三岔五就去父皇那里向他请教，主动提出自己工作上的不足和困惑，让他老人家给你一些建议和指导。这样一来，你的父皇不仅没有觉得你愚钝，反而对你愈加欣赏。

之后，没等你开口，父皇就主动给你加派了任务。当一些有争议的奏折送上来、父皇和心腹大臣商讨时，也会叫你旁听，偶尔还会问问你的见解，让你想办法来应对。你的见解既不和父皇的太过相似，又不会偏离他的初衷，因此他也无法找出你的过错。

父皇开始让你管理其他皇亲的日常开销，负责分配他们的衣食钱粮。这些人中既有与你没有太多利害关系的旁亲，也有一些你的潜在对手，也就是你的兄弟。以前大哥做太子，那是名正言顺，所以很多人即便怀有异心也不敢妄动。如今你这个老二当了太子，兄弟们的心思就活络了起来。毕竟老大都能被除掉，老二也未必不能，到时候谁表现好谁就可能上位。虽然你对这几个不安分的兄弟怀有极大的敌意，但你绝对不敢明着动手脚，反而要表现出宽厚仁爱的姿态。毕竟你的父皇生下这么多孩子，当然希望他们开枝散叶，为他延续血脉。因此无论你的其他兄弟们如何诋毁你，如何在背后拆你台，你都始终对他们仁爱有加。

除了以上种种挑战，你还面临着一个非常棘手的问题，那就是围绕在你身边的太子派。自从你被立为太子，不断有人前来投靠你。有人充当你的智囊团，为你出谋划策；有人负责搜集朝廷内外的消息，还有人拿出钱财供养你。太子结党是一件特别复杂且敏感的事情，当爹的既不希望太子的势力过大，也不希望太子身边的人太过弱势。如果太子派势力过大，那么就有可能连太子自己也压制不住他们，最后闹出逼着太子提前"继承"皇位的事变。若是太子派太弱也不行，毕竟到时候太子要接班当皇帝，就得有自己的班底来支持他坐镇朝廷。

因此，在太子派成员的选择上，你追求的是质而不是量。哪位大臣站在你这一边，谁与你关系密切，是根本瞒不过你的父皇的。所以就算你遇到了其他皇位竞争者的攻击，也不会明目张胆地去反击，那样做就是找死。父皇还在位，你们这群人就搞党同伐异、清理门户那一套，他第一个要干掉的就是你。

你们的关系已不仅仅是简单的父子关系，而是两个派系领导人之间的博弈。只有将中庸之道做到极致，才有可能笑到最后。因此，你不仅不会直接反击其他皇子及其支持者，有时甚至会主动牺牲一两个太子派的成员，让父皇来处理，让他觉得你们完全在他的掌控之下。当然，太子派的核心成员往往都被保护得很好，有几个明明是你这边的人，父皇却认为他们是中立派。这样一个同进退、有谋略、有纪律，甚至可以做到主动牺牲的团体，才是你稳坐太子之位的关键。

再后来，更大的考验来了。你的父皇慢慢老了，生老病死根本由不得他。父皇处理政务的速度越来越慢，甚至在审阅奏疏时也频频出错，需要侍臣提醒。有时甚至因病无法坚持朝会。你的父皇明白时间不等人了，得开始让你慢慢亲政了。于是他把你召去，语重心长地说："儿啊，父皇近来总觉得身上疲惫，接下来一段时间就由你来监国吧，为父正好歇歇。"你听后非常高兴地跪下说："儿臣定不负父皇所托。"然而，你父皇的脸色并不太好，你以为他只是身体不适，便关心了他几句，没当回事。

太子监国意味着皇帝将大权交给了你，让你有机会名正言顺地进入朝廷核心政治圈。你终于有机会施展你的政治抱负。你决定干点功绩出来，好让父皇放心。在接下来的日子里，你虚心纳谏，礼待大臣。大臣们上了奏章，你就照着律例国法批示，遇到没有明文规定的，就去请教父皇。可皇帝看了看，反而骂你愚钝不知变通。你被劈头盖脸骂了一通，只能跪下认错，心想以后还是少去打扰他的半退休生活，自己权衡着做决定。朝中多的是资历深厚的大臣，有时候忙完了政事，你还向他们请教一些问题。这副虚心向学的样子很受大臣们的欢迎。你觉得自己这个太子做得挺好，应该挺给父皇长脸的。

但是有一天，父皇忽然把你召去，语气"和善"地问你："最近和某某大臣交情不错吧，学到什么了？"你觉得有些古怪，都到这一步了，父皇为什么还是对你放心不下。但你还是规矩地回答了问题。有一天，某大臣上书提出了一个绝佳的政策，你看后也觉得好，但这种大政策的决断，你还是得报请皇帝。你洋洋洒洒地给皇帝写了一篇报告，请求批准。结果他却大手一挥道："我不同意。"你满脑子疑问，毕竟这个政策经过了多位大臣详尽的分析，就差批准执行了，他老人家居然不同意。你温和地劝了几句，不劝还好，劝了反而让皇帝更生气，举起桌上的茶杯就朝你砸过来。

杯子的碎片险些扎到你身上，里面的茶水溅了你一身。你只能跪着受了，请求父皇息怒。这件事只能暂且作罢，之后你和大臣们再也没有提起过。

没过多久，你父皇忽然下了一道旨意，封了你的一个异母弟弟为亲王。官场中的人个个都是老狐狸，对朝中的政治风向最是敏感。看着皇帝要培植新势力，立刻就有人想要争取这位新封的亲王。

你眼看着这个讨厌的弟弟在朝堂上跟你作对，搞得你心力交瘁。然而，你还没来得及向父皇诉苦，他先把你叫去了，说他最近感觉身体不错，让你回府多歇歇，为皇家开枝散叶比较重要，朝政什么的你先不用操心了，他自己上。

你意识到不对劲了，这是皇帝要把刚给你的权力收回去啊！你打着在府中斋戒为皇帝祈福的由头，在府里琢磨监国以来的所有事。你想到皇帝前段时间封了其他亲王的事情。这才反应过来，前太子还在的时候，你不也是被皇帝封了亲王吗！难道皇帝对你也有了猜忌之心？他对你的一切了如指掌，定是在你身边安插了眼线。你跟朝臣们勾勾搭搭想干什么？提前享受大臣的追捧吗？天地良心，你跟他们混熟了，只是想当好这个代理领导，好替父皇批折子啊！如果不了解手下的人，又怎么能根据他们的个人特点指挥他们办事呢？可能就因为这个，皇帝以为你在结党营私。更糟糕的是，你施行的政策很多都与父皇的意愿完全相反，这在他看来就是对他的完全否定。你不过就是监个国，就开始唱反调，那到时候皇帝要是驾崩了，你还不把他的名声搞臭了？

你越想越心惊，后背出了一身冷汗。你得赶紧想办法，不然前太子就要从棺材里跳出来拉你去做好兄弟了。你决定赶紧补救，当务之急就是先干掉这个后来者，也就是父皇丢给你的绊脚石——亲王弟弟。你指示暗中支持你的大臣上书，使劲夸你这个弟弟，把他那些三妻四妾的娘家人都推荐做官。反正你这弟弟是出了名的自负，最容易沾沾自喜，到时候肯定会因为一些事情翻船。

再后来，你让大臣们把你监国期间底下人提议给你老丈人升官，你三请三拒的事拿出来说。然后找机会到皇帝面前扮演孝子："父皇，您看这是我斋戒数日去寺里给您求的平安符，保父皇龙体康健千秋万代，这样我就可以一直听从您的教诲了。"

皇帝有些动容。你离开了大殿，悄悄揉了揉跪疼的膝盖，暗自抹了把汗。接下来是乘胜追击，你在朝中处处避让，极力衬托弟弟的嚣张气焰，皇帝被惹生气了你还跟着劝，扮演一个好哥哥，主要是为了捧杀他。皇帝捧他是为了打压你，现在早看他不顺眼了，试探的目的已经达到，留着他也没什么用。皇帝这把年纪，早干不动活儿了，在你这一系列动作后，对你放松了警惕，逐渐把活儿又交给你干。

之后你学会了对皇帝的话做解读，也学会了演戏，再遇到不好决定的事，哪怕心中已有决断，你还是主动去请教皇帝。请教的频率也要掌握好，不能经常去，一来招人烦，二来问多了会被认为能力有问题。你觉得自己过得好纠结，经常在是否下达某项命令上犹豫。虽然你大概率会被责骂，但你表现出了谦虚和谨慎，皇帝仍觉得自己实权在握。本来只是一句话的事儿，偏偏要兜这么大一个圈子，效率太低了。君威不可冒犯，年老又固执的皇帝更不可冒犯。你们政见不合，但你不仅不能表示出不满，还得微笑着夸父皇圣明。除了更乖巧地替父皇干活，更加谨慎小心让他挑不出你的毛病之外，你别无他法。

终于，你把父皇熬到躺病床上起不来，跟他讨论政事他也听不懂的地步。这时，你才算是一条腿迈上了皇位，等皇帝一口气咽下去再没提上来的那天，你才能一边痛哭流涕，一边扬眉吐气地把另一条腿也挪上来。你即位路上最大的阻碍已经变成了"先帝"，此后再没有人能左右你的决定，你终于从储备皇帝熬成了真正的皇帝。

如何在皇子夺嫡中活下来

我们都知道清朝康熙皇帝九子夺嫡的激烈。在权力的诱惑下，杀兄弑父的事情并不鲜见。那么在这种情况下，皇子是否可以选择直接"躺平"呢？对外宣称自己放弃竞争皇位，就可以避免杀身之祸吗？其实皇子想要"躺平"也没有那么简单，必须得有些心机和智慧，才能在这种激烈的争夺中全身而退。

你是皇帝之子，但非嫡出，你的母亲身份低微，只是个普通妃嫔。原本，这皇位跟你是没什么关系的。然而太子意外去世，父皇又未确定接班人，于是你一瞬间就跟十几位皇子成了竞争对手，一同争夺太子之位。

尽管你年纪还小，但有些道理还是懂的。你思来想去琢磨了一夜，心里有了主意。一来，你没什么大志向，并不渴望成为皇帝。你见识过人间疾苦，明白生在皇家的幸运。今后你只要能够吃好喝好没意外，安安稳稳老死在家里，就满足了。二来，就算你想要争储，你的资源也太过薄弱。首先，你的母亲并不得宠，只是偶尔受到父皇宠爱，然后怀了你。按照宫廷规矩，任何生下皇子的妃子都会被晋升位分，因此你的母亲被封为地位最低的偏妃。此外，你的母族地位平平，仅是地方上的一个小财主，根本帮不到你什么。至于父皇，你从小到大除了过节外，基本上就没跟他老人家见过几面，所以更不可能指望他给你什么好处。

因此你决定"摆烂"，做一个人畜无害的废物皇子，安安稳稳地度过这一生，远离争储的纷争，免得以后被斩草除根。

你还没有成年，所以每天都得去上课。打定主意的第二天，你一改常态，开始故意不记文章，甚至上课打瞌睡。之后更甚，你开始迟到早退、无故旷课。旷课时间里，你培养了一些爱好，养鸟、钓鱼、斗蛐蛐，甚至学会了木匠手艺。

课余时间，几个皇子聚在一块玩耍，也成了带有一定政治目的的聚会。几个有望夺得太子之位的优秀皇子成了领袖，每个人手下都聚拢了几个弱势的皇子，形成了不同的派系。你当然不愿意这么早站队，站队固然有好处，成为某人的"小弟"，他将保护你不受欺负，还有可能分给你一些好处，等他登上皇位后你跟着鸡犬升天。但是坏处也是有的，若是站错了队，别的派系成了事，你就要跟着这个争储失败的皇子一起遭殃，甚至丢掉性命。皇子之间目前已经形成了四大派系，势均力敌，怎么看你都觉得现在站队并不明智。

因此，当别人用各种手段拉拢你时，你都装作不懂的样子，敷衍过去。当然，反复拒绝也是不可以的，否则可能得罪人。于是你开始示弱，随便被人拿捏，甚至连年纪比你小、力气没你大的皇子欺负你时，你也一声不吭。久而久之，大家发现你不仅上课不认真，课后也是个废物孬种，所以懒得再拉拢你了。

某天，父皇把你们召集在一起，一来是想考验你们的功课，二来是想看看你们当中谁有当太子的潜力。皇子们个个争强好胜，抢着回答，而你即使知道答案也憋着不说。后来父皇依次点名回答问题，轮到你时，在他期待的目光下，你故意磕磕巴巴，半天说不到重点。官人们窃窃私语，一些年幼的皇子甚至当场笑出了声。气氛尴尬到一定程度后，你直接推开父皇，躲到角落里号啕大哭起来。他们越是劝你，你就哭得越闹腾，把鼻涕和眼泪全都抹在了前来安慰的太监身上。

就这样，你在兄弟面前丑态百出，父皇对你也大失所望，将你从备选人名单中剔除。虽然你如此作态，但你在皇太后以及母亲面前都表现得规规矩矩。除了定时问安外，你还经常去宫里陪太后，哄老人家开心。即使是最有权势的老人，到了年纪也喜欢亲近小孩，更何况是自己的亲孙子。所以太后对你格外疼爱，而你这样做除了有感情因素外，也是为自己再上份保险。如果将来犯了大错，别人说话不管事，太后求情总是有一定分量的。

过了十六岁，你开始有了一些经济自主权，别的皇子都用钱来结交势力、拉帮结派，但你偏要反其道而行。

京城那么多"富二代"，你的任务就是跟他们攀比斗富，时不时再传出个花前月下的风流韵事。有一次，你和一个京城富少攀比，他一连给一个歌女丢了五十个绣球，每个绣球代表三百两白银。而你刚好花光了这个月的宫廷配给，没钱再挥霍，只能灰溜溜地离开了酒楼。谁能想到，你竟半夜敲开其他几个皇子家的门，请求借钱以便再次去酒楼潇洒一番。你的理由甚至有些可笑。你告诉他们，只要击败那个富少，就算给皇家争了口气，也算是不丢父皇的面子。别人看着你如同白痴一样的言行只能随意应付过去。之后别人只要提到你，就有一种烂泥扶不上墙的感觉。但你心里有数，在京城玩是玩，但绝对不能搞出人命或者做出什么伤天害理的事情。在这方面，你比其他几个皇子要强得多。

有几个皇子在宫里装得人模人样，在父皇面前也是多才多艺，但因为宫内竞争压力过大，所以人人都想了法子来缓解自己内心的压力。当然，因为他们的权势，这些事情大臣们不敢检举，父皇也被蒙在鼓里。

后来，随着年龄的增长，你即将面临两件大事。一个是娶妻，一个是封地。你人品再恶劣，名声再臭，但终究是皇子，消息一传出去，还是有许多人抢着来嫁的。

父皇为你指定了几个候选人，家里有权的，家里有势的，还有貌美如花的。你当然选择了一个有钱的丈人，毕竟有钱的老丈人是支持你未来持续作妖的一个重要"饭票"。

至于封地，首先要远离京城，其次不能太贫瘠。当然你不能太挑剔，要有自知之明，晓得自己的身份。毕竟，挑选封地也是要竞争的。理想的封地应该靠近京城，这样宫里发生了什么事情，都能很快知道。其次封地所在的州府要有足够的财力,并远离边境,免得敌军攻进来第一个把你杀掉。最好的封地还应该有几座矿产甚至几条河流,这样你将来就可以吃喝不愁。

因此,那些明知与太子之位无缘的皇子们又开始为了封地斗来斗去,各种拉帮结派、排挤竞争对手。而你依旧主打的是与世无争,直到其他皇子都选完了,你才按照父皇的意愿,在最后几块封地中选了一个勉强过得去的。

二十岁时,去封地就藩的时间到了,太子之位依然没有定下来。大家围绕着几个主要人选斗来斗去。很多皇子托人去父皇那里求情,反复推迟就藩的时间,因为他们已经入局太深,跟太多人结下了恩怨,现在退出就等于政治自杀。

你没有这种心理压力,在跟皇太后以及母亲告别后,就收拾包袱踏上了就藩的路。当然,离别前父皇还是照例前来送行,你装模作样地挤出了几滴眼泪来表示自己的不舍。

离开京城时,许多随行人员都依依不舍,毕竟大多数人在京城长大,对这里多少有感情。只有你在车马走出城门后,朝着都城的方向肆意地吐了一口痰。你在这里度过了童年和少年时光,但这里没有给你留下任何温暖的回忆。一想到宫里的钩心斗角和阿谀奉承,你就感到作呕。

你渴望去封地,去那里你才能真正过上稍微自由的生活。偌大的京城,唯一让你难以割舍的只有你的母亲。离京前的一晚,你违背禁令,与母亲谈了好久,告诉她不要掺和这里的任何事情,你会设法把她接到封地。一想到母亲,你就越发厌恶京城。母亲虽然是妃嫔,却因为不得恩宠经常被其他高位妃子排挤和欺负。她们背靠着势力强大的母家和皇子,你也不敢为母亲说话,因此她的生活常常不如一些高级宫女。你和母亲明明都想置身事外,但这群人就像蚊子,把你们两个局外人叮咬得遍体鳞伤。

到了封地，你第一次发现原来生活竟然可以如此自在，不用再想着刻意讨好谁，也不用谨小慎微生怕得罪了某些人。在宫里，即使是贵为皇子，面对一些有权势的太监，你也要客客气气。因为若是得罪了他们，这些阉人虽然不会当场发作，但说不定哪天就会背地里使绊子，把你整得半死不活，而其他皇子也乐得看到少一个竞争对手。在封地，你只需要和妻子还有一些小妾们努力生孩子和搞钱。你现在弄钱的目的可不只是个人挥霍，而是要在京城上下打点。虽然你离开了京城，但那里的人并没有忘记你。保不齐哪一天，就有一个皇子为了什么不可告人的目的诬告你，到时候你就彻底完蛋了。

因此，为了确保消息畅通，你在京城花了大笔银子上下打点，目的只有一个，就是要保证你能够随时得到宫里的消息和传闻，特别是那些与皇子和父皇有关的消息。你要打点的人有京官、内侍还有大大小小的太监。京城的人无论大小官员，开口都是巨款，但你为了保证消息灵通，也只能忍着。

一段时间后，你的银子果然起了作用，甚至帮你躲过了一场几乎让你陷入绝境的阴谋。诸多兄弟里只有你去了封地就藩，有人因此动了心思，老二竟然诬告你暗地蓄兵，计划和三皇子里应外合，起兵谋反。这种歹毒的诬告虽然最后肯定要取证的，但你知道京城的人总有法子让你彻底背上这口黑锅。

为此，你又花重金在京城各种运作，最后在三皇子的帮助下提前粉碎了这个阴谋。为了维持开销，你只能在封地不择手段地敛财。虽然这些行为招致了天怒人怨，但你知道朝廷懒得管这种事。只要你不在这里拉拢大臣或军官，不私藏兵器和盔甲，不引发民变，你在这里再怎么横行霸道也不会被人注意。

终于，在封地苦熬三年后，你突然收到一则来自京城的消息，父皇已经驾崩，老三继位了。当然，这条消息是你收买的内线连夜快马加鞭送来的，朝廷的正式的通知应该在两天之后送来。

你要先确认父皇是否真的驾崩了，不然抹着鼻涕眼泪跑回去，跟生龙活虎的父皇大眼瞪小眼，那就很尴尬了。这两天里，你也不敢轻举妄动，毕竟朝廷给你正式通知前，你得装作自己不知道。拿到朝廷正式的信函后，你终于确认父皇真的已经驾崩了。然而，你并没有急着回去奔丧，因为你知道如果有其他皇子突然起事，你的处境就会很危险。

在接下来的日子里，你秘密赶到京城，但没有立即入宫，而是秘密住在客栈里，每日潜心探听消息。直到确定老三已经牢牢坐稳了皇位，其他皇子无法翻盘，你才敢进宫奔丧。

进宫的路上，你看着自己花重金买来的奇珍异宝，心里五味杂陈。这些宝贝是你在封地花了好多年，费了好多财力才搞到手的，如今却要拱手送给新皇。而且新皇竟然是大家都不看好的老三，而你跟他除了当年一起挫败那场阴谋外，没有太多交情。你的心里完全没底，只希望他能因为你这些年来安分守己，看在你送给他的财宝的分上，对你高抬贵手。因为你已经得知了老三之前的竞争对手们的下场，要么被囚禁后流放，要么被毒死。

因为你迟迟不进宫，新皇已经发了折子批评你。你不知道新皇对你的态度如何，也不确定自己是否能够回到封地，心里更加焦虑不安。

进宫后，你很识时务，没有直接去哭自己的父皇，而是捧着奇珍异宝先去看望新皇。毕竟活人比死人重要多了。你一见到皇帝就当场下跪痛哭，自责之前没有眼力，怠慢了皇帝，说自己有罪当死。哭得不尽兴，你甚至给自己狠狠地扇了几个大耳光。皇帝本想兴师问罪的，但在众目睽睽之下，你这招苦肉计让他实在没有招数，最后不得已亲自把你扶起。

皇帝看着你的表演，想起你的过往，觉得你确实是一个没有志向只求富贵的庸才，对他和他的后人并不构成威胁，所以打算让你回到封地好好过日子。毕竟新皇有这么多兄弟，总得让一两个人过安生日子，证明自己并不热衷于手足相残的游戏。

哭完之后，皇帝留你吃了一顿家宴。你在席间侃侃而谈，内容全是你培养了哪些兴趣爱好，你的哪个小妾又因为什么事情争风吃醋，总之就是表现出你只是一个没有志向的庸才。宴席进行到一半，大家都有些醉了，但你的醉却是装的。你还有一件事要做。就在大家把酒言欢时，你命令手下把你从封地带来的财宝拿了进来，说这是对皇帝登基的贺礼。皇帝大吃一惊，因为你献出的财宝很多，多到连皇帝都不敢相信。

你跪地大哭，表示对钱财并不留恋，只想将母亲接回封地。你甚至吟出了一首早就让别人准备好的诗，来表达自己的思母之情。众人无不为之动容，皇帝也当场准许了你的请求。

葬礼上，父皇躺在棺椁里，最后一次"接见"各怀鬼胎的皇子们。而你吊完丧，接上母亲，就立即往封地赶。离开时你看着皇城，发誓往后余生都不会再回到这里。

回到封地后，你的行为变得收敛。因为你知道以前的皇帝是你的父亲，可以无条件地纵容你，而现在的皇帝只是你同父异母的兄弟，说不定哪天就会将你废为庶人。

前半生积累下的土地和财富已经很多了，不收手只会丢掉全部。你开始教育你的孩子如何经营土地和管理财产，而不是追求权势。甚至有些孩子志向过高，你都会狠下心来打压。

就这样，新皇帝一生操劳政务，成天提心吊胆，刚到五十就积劳成疾，撒手人寰。而你一生无病无灾，荣华富贵，年过八十，在床榻上用苏轼的诗教导自己的后代：惟愿孩儿愚且鲁，无灾无难到公卿。之后安然离世。

都是朕的钱，还要朕感谢他们吗

许多人认为古代帝王坐拥四海，凭借至高无上的权力，普天之下只要皇帝想要的就能随意得到，因此对皇帝来说钱财是没用的。然而实际上，皇帝并不能随心所欲地把自己看上的东西据为己有。无论帝王的权势多大，都需依靠钱维持后宫开销以及打赏手下。此外，大多数朝代的国库都受到严格监管，并非一道圣旨就能随意挪用。要想获取资金，帝王能通过何种手段呢？

你是皇帝，但在花钱方面，你不像其他人想象的那么潇洒。你的日常开销很大。手下的大臣干了好事，你就得提拔、奖赏他们。升官倒是好办，把这事交给吏部，有司评定准许后就能升官，但是人事文件烦琐，你一般更倾向于直接发钱。后宫里的妃子得宠，你要封赏，光给名分不够，还需要给钱。为你生下儿女了，你还得给重赏。把你伺候高兴了，或者你把某个妃子惹得不高兴了，都得拿钱哄。总之就算你是皇帝，到了后宫也得花钱。儿子去就藩你得掏钱，皇后过生日你得掏钱，给太后祝寿你也得掏钱。太监宫女的开支走的是你的内帑，手下的重臣因什么事情而办宴席，你人不一定出席，但贺钱是必须送到的。还有就是，所有驻京的武官的工资都由你个人负责。你什么钱都敢欠，唯独这份钱你不敢拖。总之即使你是皇帝，没有钱也是寸步难行。

你每年领的钱不是随随便便就能从国库里拿的，而是有一定的比例规定。皇帝的个人收入与朝廷的收入其实是分开的。你个人收入的来源、数额、种类等，都有着明确的制度规定。虽然制度可以调整，但无论怎么变，大臣们也不会让你多抠出多少银子来。简而言之，你的钱一部分来自工商业的税收，譬如海边的盐，山里的矿，还有就是各地上缴的各色实物。通常情况下，你的收支是可以做到勉强平衡的。

然而近年来，多个地方相继发生灾荒和叛乱，朝廷不得不动用资金赈灾平乱。国库不够用了，皇帝就得捐款。毕竟这天下是你家的，你不带头出钱肯定说不过去。于是，在拿自己的零花钱给军队发了几次饷钱后，你的内帑有点捉襟见肘了。原本这种情况下，你跟几个重臣商量一下，国库就能给你补贴一笔来救急。可现在国库都快支持不下去了，怎么可能再给你拨款？

你决定今年就先这样，节俭一点，等明年有了钱再说。可很多时候，事情不是你说了算的。因为你想要省钱，所以后宫的开销被压缩，所有嫔妃的待遇都跟着降了一级。你的后宫佳丽们心里都憋着一股气，但你毕竟是天子，她们也不敢多说什么。有一天晚上，你最爱的妃子向你哭诉起她的待遇有多差，连她手下的宫女都跟着受委屈。你受不了这边的枕头风，就专门批了一个条子，特许这个妃子不用跟着降低开销。结果，这件事很快传遍了后宫，其他妃子也闹着找你要同样的待遇。接下来的几天，你每晚只能待在那个有条子的妃子那里，来躲着其他妃子。

后来，你又遇到了一桩无法逃避的麻烦。一个伺候你母后的太监突然跑来告诉你，这几天你的母后被你气得茶不思饭不想。你满头雾水：我也没做什么伤天害理的事情啊，怎么能把母后给气着呢！思来想去也不知道自己做错了什么，你只能亲身去探望，一去才知道问题出在了哪里。原来你之前要求后宫节省开支，连带着母后那里也跟着受了影响。

你的母后一开始也没有在意，可之后恰逢多日阴雨，她的住所有一处漏雨，总管太监却拒绝修理。这下彻底伤了母后的心，她整天躲在宫里哭泣，念叨着若是你的父皇还在，她肯定不会受到如此待遇。

听到这遭事情，你后悔得真想给自己一个大耳刮子，怎么能把母后这边给忽略了呢。当年争储时多亏了母后的全力争取，这还没过上几年，就出了这档子事，她老人家得多心寒啊。你连朝都不上了，带着礼物到母后那里慰问长谈了好几天,她的心情才稍微平复。

在返回自己宫殿的路上,你边走边想这样下去肯定不是个事,必须得找个法子搞钱。官员想获得额外的钱财,只能靠受贿。而你是皇帝,特权更多,搞钱的法子肯定不少。

首先就是加税,但你立即否决了这个主意。因为加税并不是简简单单发出一纸文书,手下的人就会乖乖地交上更多的钱。税收是由朝廷的官员每年核定各地应缴纳的税额,然后下发落实。现在加税,必然会加重地方负担。一些地区已经民力耗竭,但为了完成摊派任务,这群地方官员肯定会强行征粮,到时候容易激起民变。而且,即便收上了税,到你手里的比例也不会很高。你清楚,这笔税款肯定还要在各级官员手里过一遍,这个方法性价比太低。

接着,你想到了一个不错的办法:既然这群大臣这么有钱,那不如直接从他们手里要呗。但是,出于皇帝的尊严,你不可能亲自挨家挨户上门收钱。这样做不仅师出无名,而且和叫花子没什么两样,会破坏皇家的体面。所以想从大臣们手里搞钱,必须得想个折中的法子,既不能让自己显得太狼狈,还得让手下的大臣面子上过得去。

之后宫里有了传言,说你因为缺钱让太监们去各地开掘他朝古墓。许多人听了后半信半疑,疑的是皇家怎么能干出如此荒唐的事,信的是你的捉襟见肘大伙儿都有目共睹。

消息传得沸沸扬扬,但你没有肯定或者否定。一段时间后,这群大臣就开始遭殃了。一下了朝会,太监们给这群大臣挨个传话,让他们到大殿后面去逛逛,因为皇上在那里"摆摊"。

这群大臣们满头雾水,在太监们的指引下,来到了你摆摊的地方。所有人都大吃一惊，皇帝竟然真的在摆摊。你所摆出来的物品并非普通商品，而是前朝的各种古董宝贝。大部分大臣业余时间都有研究古董的爱好，他们一看这些东西的成色，拿在手中稍加观察，就知道这些东西都是假得不能再假的赝品。但是看着正在热心叫卖的你，他们哪一个敢拆穿呢。

不过你做事也没有那么绝，而是让他们看着给价。以为你会狮子大开口的大臣们这才松了口气，认下了这个亏。尽管大臣们内心并不愿意，但为了给皇帝留面子，他们明知是赝品，依然给出了不高不低的价格。有几个明显心虚的大臣直接掏了一大笔钱，就当是买个安心。就这样，你亲自摆了一次摊后，卖出了二三十个古董花瓶，最后竟然赚了三万两白银。那天晚上，你看着一堆白花花的银子，长舒了一口气，你的后宫开销可算是有着落了。

可惜这样搞了几次后，大部分大臣都学聪明了。他们从你的太监那里打探好你哪天打算"出摊"，然后直接提前请假，以免朝会散场后再被你"坑蒙拐骗"。你卖东西赚的钱越来越少。查明原因后，你也不好意思发火。毕竟你也清楚自己干的这事儿属实不地道，而且有些大臣确实廉洁，家里本就一清二白，为了买你的东西甚至跟其他的大臣借钱。你感觉再这么搞下去，恐怕朝廷就要直接垮台了。于是，你减少了"出摊"的频率。

没过多久，大臣们因为马上就要到来的京察考核忙碌起来。你突然意识到这次京察也是你敛财的好机会。每次京察，京官中总是有人趁机大捞一笔。既然这群京官贪得，为何我这皇帝贪不得呢？

京察一开始，你就让手下的大臣们通知所有进京的官员，从六品以上的官员这次京察还需要面见皇帝。这个消息让进京接受核查的官员们都炸了锅，有人因为自己活了大半辈子终于有机会面见皇上而开心，也有人因为自己之前干的坏事心虚，生怕被你问出破绽来。但是无论如何，这些人中间有不少人动了小心思。既然能给负责京察的官员们孝敬钱，何不在面见皇帝时也表示一下呢？毕竟，给其他官员送礼是行贿，是违法的，但给皇帝送礼那叫爱戴皇帝，谁敢说三道四？东西送得称心了，给皇帝留下了好印象，升官发财不是梦。

就这样，这次所有进京参加考核的高级官员们都赶来见你，其中不乏圆滑者给你带来了珍贵的礼物。因为你是皇帝，他们自然不能直接送上明晃晃的金银，而是进献了各地的稀奇异宝，有古董玉器、名贵丝绸，以及各种灵丹妙药。当然，你对这些东西大都没有兴趣，眼下你需要的是银子。就这样，在接见完一众官员后，你收上来的贡品堆满了好几个仓库。你将这些物品变卖后，换得了不少银子。

这时你意识到了一个问题，那就是这些搞钱方式都不可持续。你还是希望找一种一劳永逸的方式，让银子源源不断地流到你的手里。为此，你把目光投向了采矿业。如今朝廷不仅有银禁和海禁，还新增了矿禁。民间任何想要私自采矿的行为都必须缴纳高额的矿税，因此公开采矿的人寥寥无几。只不过这矿禁只禁平民，并没有禁皇帝啊。于是，你决定介入采矿业。各个省份都有矿脉，你不可能亲自去抓这种事情，于是你就派出太监前往各个地方负责开矿、采矿。

至于为什么派的是太监而不是文官，这里面也有一定的门道。首先，你的内库与朝廷各部的银库管理方式不同。内库由太监专管，各部的文官则负责管理自己部门的银库。如果派遣文官去采矿，他们可能会大贪特贪，甚至还会在文书上做手脚，想办法把一部分钱款截到他们部的银库里去。太监虽然手脚不干净，但肯定不会有二心。而且他们在地方无根无基，最多也就是吃拿卡要，干不出什么坏事来。此外，你给太监摊派的是银钱，而不是矿场产出。银钱的份额是根据各地官员上报的矿脉情况决定的，矿产丰富的地方摊派的份额越多，他们到时候要交上来的银钱也就越多。

没过多久，被分派到地方的太监们陆陆续续地给你交回了银子，不仅补上了之前的亏空，甚至能让你继续花天酒地。你以为这些太监到了地方后会依靠当地的官员勘测矿脉，然后雇佣民工开采矿脉。可事实是他们只是借着你摊派份额所赋予的权力，在当地胡作非为。采矿什么的，他们一窍不通，成日拿你的圣旨强压地方百姓交钱交粮，然后自己贪污一部分，再把其余的上交。不久之后，许多地方因为太监的欺压而爆发民变，甚至有人因为害怕太监的压迫不得不卖掉家产，逃往京城做起了流民。

地方的官员很快上疏向你举报了这些情况，但你全都装作看不见。一来，你觉得这群官员是害怕太监分权所以故意要赶他们走；二来，没有人会跟白花花的银子过不去。如果你为此处罚了其中一个太监，那以后谁还愿意为你卖命呢？

后来，单纯的银钱已经满足不了你了，你想要更多，比如奇珍异宝、名人字画、古玩收藏等。但这些东西不是花钱就能买到的，它们很少在市场上流通。它们可能藏身于某个历史悠久的家族的地窖，或者在某个富商或者权贵的府邸中。你不可能直接把它们抢过来，不然你在史书上留下的骂名也许就能比肩商纣了。

你想到了一个好主意，那就是让别人去"拿"。你自己不能下手，但是手下这么多臣子，肯定有不少有潜力成为巨贪的。你可以将权力下放给这些人，让他们放手去干，等养肥了，朝廷内外怨声载道，你再趁势抄了他们的家，那不就一举两得了嘛。

你开始寻找人选，很快就找到了一个合适的目标。他现在只是一个吏部的小小主事，但已经因为受贿被弹劾过多次，每次都因为同党说情而免于处罚。你相信如果给予他恩宠，他肯定会"大放异彩"。

于是，你借口他有匡君辅国之能，开始经常单独召见他。每次与他会面时，你看着他受宠若惊的脸孔以及嘴角控制不住而微微上扬的样子，心里不禁冷笑：呵呵，小卒，你当然能够得偿所愿，只不过今后的你要加倍奉还罢了。

后面你就借着各种由头给这人加官封赏，最终让他成了吏部尚书，并入了内阁，成了真正主宰这个帝国的佼佼者之一。而他也果然没有让你失望，刚获得圣恩就开始肆无忌惮地贪污受贿。大大小小的地方官员无论因为什么理由进京，都得先孝敬他。

位极人臣后，他就更加放肆，无论是地方官员还是京官，都得给他交保护费。同时他又借着自己吏部尚书的身份，把卖官行贿做出了固定的流程。

一般来说，官员腐败，顶多就是受个贿、贪个污、卖个官，但他已经看不上这些零零散散的钱了，直接做起了批发。各种官职明码标价，给多少钱就当多大的官。当官了来述职，得先交钱，那是"问安"费。遇到考核，要打掩护的，得拿"买命"钱。朝中官吏的任选、升迁等人事任免，不看官员的能力和口碑，就看钱有没有送到位。他甚至将魔爪伸向了军队，每次发放军饷都要吞掉六成作为回扣。

这些还满足不了他的胃口，他打起了藩王们的主意。按例户部每年要给大小藩王发岁赐，他吩咐户部把这些岁赐一拖再拖，直到藩王们等得不耐烦来朝廷探听风声，收到消息，孝敬给他不少财宝后，他才把这些岁赐给放行。

尽管有勇敢的大臣向你上疏弹劾，你却置之不理，毕竟这个傀儡还没有养肥。直到最后，你发现他几乎富可敌国时，终于一声令下，让手下抄了他的家。被他欺压过的百姓拍手叫好，认为皇上圣明。但大部分官员心里都知道他只是你的"手套"罢了。

你看着抄来的钱财和宝贝。"还是养个奸臣最合适了。"你一边把玩着抄家得来的东西，一边感叹着。这里面有很多的东西即使是作为皇帝的你也未曾见识过。至于这个被你抄了家的大臣，他虽然无恶不作、目无法纪，但毕竟为你完成了目标，而且平日里在你面前始终规规矩矩的，从来没有任何逾越之处。你大手一挥，将他改判成流放。

你搞钱的手段越来越多，百姓民不聊生，朝廷纲纪废弛，国家已经到了崩溃的边缘。但你却毫不在乎，毕竟你只想着痛快搞钱，哪管死后洪水滔天。

他贵为天子，却一生都在被决定

我们读历史，常常会发现个奇怪的现象：似乎每个朝代的开国皇帝都是不世的能人，他们的体力、智力、才能、胆略都是超乎寻常的，而继任者则略显平庸。随着时间的推移，皇帝的才能逐渐衰退，再之后甚至可能会出一两个蠢得超出常人下限的奇葩。这究竟是单纯由于皇室内部近亲繁衍所致，还是有其他奥秘呢？

你是皇帝的嫡长子,但你却不像人们想象的那么能够担当大任。别人家的孩子最多也就是脑子慢点,你的笨则体现在对世间万物的迟缓理解上。在三四岁时,你看上去和其他孩子没有什么区别的,但等到了六七岁,稍微接触过你的人都能感觉出一些问题来。

你的母亲并不受宠,在生下你后不久便早早离世了。没有来自母亲娘家人的帮扶,再加上你的智力问题,你在父皇眼中并不受重视。加冕为太子的仪式一拖再拖。与此同时,你被安置在偏远的宫殿中,平常很难得到父皇的关爱。

因为不得宠,平日里照顾你起居的都是岁数比较大的宫女和太监。更要命的是,不知父皇是因为忙于国事还是什么其他原因,他竟然没有给你安排老师。因此,你的童年认知主要来源于身边的宫女和太监。但这帮人连能认字的都没几个,又能教你什么?整天陪着你玩就行,保证你有饭吃,别饿死就好。

宫里的奴才最会看眼色,皇帝一直不过来看你就是不在乎你。奴才们仗着你什么也不懂,明里暗里地糊弄你。

他们带你在庭院的砖地上趴着,教你学狗叫,甚至让你学着狗的样子去闻地上的杂草，还告诉你民间的小孩都这么玩。你信以为真，照做不误，太监和宫女们笑得直不起腰来。你不懂人事，以为自己取悦了他们，所以模仿得更加起劲。

小孩子看似天真，却也极为敏感。你能感受到自己与众不同，明白自己缺少父母之爱，晓得宫女太监们在暗地里嘲笑你。作为未来帝国的继承人，你变得内向自闭，不愿与外人接触。偶尔父皇突然来了兴趣前来寻你，你都躲在角落里不愿相见，甚至不愿称呼他为父亲。几次这样尴尬的见面后，你的父皇失望更甚了。

一次过节，所有皇室成员们都来到皇宫相聚，而你也很难得地被叫到大殿参加庆祝活动。平日里相隔千里的皇族成员好不容易聚在了一起，就像普通人家一样攀比起了各自的小孩。一个皇叔的儿子不到三岁就能背好几首古诗，另一家的孩子才五岁就精通珠算，而且丝毫不比宫里专管出纳的太监算得差。每一个成功"秀娃"的大人都不由自主地露出得意的笑容，连同他们的孩子身上也散发着自信的气质。你躲在一边看着不断给暖炉添火的太监发呆。

你们父子俩很知趣。你明白自己的短处和不受待见，父皇也很有自知之明地没有拿你出来招摇。但别家的孩子越是显摆，你父皇的脸色就越是阴沉。气氛到了高潮后，竟然有人提议，所有皇家的小孩聚在一起进行对诗比赛，看谁对得又快又押韵。听闻这话，你心里一惊，打算抬脚就走，免得待会儿啥都不会出了洋相。可是你刚准备离开，就有人将你叫住。还起哄你身为皇太子应该在此压场。气氛变得有些尴尬了，毕竟皇亲也有亲疏远近，有些人知道你的智力问题，一些远门亲戚却对此一无所知。

比赛开始了，有几个皇子对的诗不仅押韵还富有意境。但是轮到你时，你却一句话也说不出来。大殿突然间安静下来，所有人的目光都聚集在你身上。有些了解内情的人心里捏了把汗，担心这场聚会因为这件事闹得难以收场。但也有一些好事者饶有兴致地看着你，偷偷用余光打量你的父皇，想看看这闹剧会怎么收场。

你从小在深宫长大，第一次遇到这种情况。原本就对不出诗的你在众人的注视下更加紧张了，连拒绝的话语都说不出来。无数词语在你脑海里翻涌，你却凑不出一个完整的句子。人们注视着支支吾吾的皇太子，很快被你腿间的异响吸引了：你竟然紧张到失禁了。一些不识时务的皇室孩子发出了哄笑声，机灵的家长当即就给了他们几个响亮的大耳刮子。人们乱作一团。戏谑的笑声和父皇脸上阴沉的表情形成了鲜明对比，这一幕是你逃离这里之前留下的最后记忆。

从那以后，你的父亲彻底对你失望，从此对你不闻不问。原本照着这样的轨迹，继续摆烂下去，直到某天父皇"勉为其难"地宣布你难以担任大任，然后另立太子，事情也就结束了。然而有一天，你的命运出现了转折，一位贵妃娘娘出现了。她不顾众人的议论，表示要抚养你。嘴上说的是看你可怜，实际上是因为她没儿子，难以维系地位。你很高兴，觉得自己终于有妈了。贵妃也很给力，她不光是口头说说，而是手把手教你读书认字，做事做人。然而她自小养在闺阁，读过的书也很有限，所以日常教你最多的，就是怎么讨父皇欢心。你就像个提线木偶一样，死死地记住了贵妃教你的每一句话。就这样，你总算表现得接近正常人了。

关于你要被废的谣言越传越真，原本没有继承资格的皇子和他们的母族动起了心思：既然嫡长子不行，那不就该由我们上嘛！

皇子们开始钩心斗角。最初只是在父皇面前争相显摆，诋毁其他人。随着时间的推移，矛盾逐渐加深，开始了近乎残酷的宫廷斗争。这些皇子们其实都不错，有人聪明，有人仁厚，有人狡黠，也有人擅长中庸之道。然而，再好的才华和身世，在短短几年的争斗中都成了昙花一现。每个皇子在挤走竞争对手后又很快成为其他人攻击的目标，然后被挤出局。

幸运的是，没有人把你当作真正的竞争对手看待。在他们看来，你这个脑子不好使的太子被废只是时间问题，他们要解决的是其他皇子，犯不着在你这个"准废太子"身上浪费精力。就这样，外面的人斗得热火朝天时，你这里竟然出奇的岁月静好，你的性格和智商也在这段时间里稍微有所改善。

你的智力问题无法根治，虽然有些人说你变聪明了，但明眼人都清楚这是怎么一回事。一直有人劝说你父皇另立太子，他没有答应，但也没有明确拒绝，你的地位一直摇摆不定。即便你有这么大的缺陷，明面上也还是太子。这是有原因的，自古以来，立长不立贤的观念根深蒂固。那么多王朝，但凡选择不立长的，都会遇到一大堆幺蛾子事，因此你的父皇也不敢轻易换太子。现在还没有废太子，他的后宫就已经让他吃不消了，要是直接废掉了你，天下恐怕会有变数。而且不少上了年纪、颇有威望的老臣也是支持你的，你的父皇暂时也搞不定他们。

就这样，直到你十五岁那年，在多数大臣的催促下，皇帝才行了加封太子的仪式，从今以后你就是正式的太子了。在贵妃的劝说下，父皇也终于让你搬出那个又老又破的偏殿，住进了东宫，并且安排了老师教导你。然而，由于你已经错过了最佳的启蒙时间，学什么知识都很费劲。你读书主要靠死记硬背，父皇一考你功课，你就紧张得磕磕巴巴，话都说不利索。教你的老太傅原本不信邪，觉得天下就没有自己教不会的学生。但给你上了几次课后，他发现外界的传言是真的，也开始混日子，勉强教你一些之乎者也的古文。

后来你年纪更大，需要处理更多的政务时，你的能力问题变得愈发明显。除了会说一些场面话应付一下父皇和大臣外，你基本上处理不了任何政务。你父皇后悔不已，但为时已晚。首先是大多皇子因为皇帝的举棋不定死的死，贬的贬；其次是你被正式册封为太子后，就不再是一个人了，有太多的政治势力和大人物投靠你，形成了一股强大的太子势力。想要废掉你，这群人第一个不答应。就这样,你的父皇只能将错就错,在死之前给你安排了几个顾命大臣后,不甘心地撒手人寰。

一开始,这几个顾命大臣还不知道你傻到什么程度,所以不敢随意染指你的权力,任由你来发布政令。可是在政务处理方面,你显然是一个外行。你连一个县城有多少人口,多少土地,这样简单的概念都弄不清楚。上朝的时候,大臣上书说某某地方闹灾问你要钱,你大手一挥,豪气地说:"朕准了!"底下有靠谱的大臣立马接道:"国库紧张,皇上要三思而后行。"你反问他们:"那你们怎么不拿出自己的银子去赈灾?"

你每天坐在龙椅上装模作样地看折子,实际上却像是在读一本根本看不懂的天书。你把这些都推给父皇指派的一个顾命大臣,他帮你全权代理,结果那老头竟然以为你在故意引诱他染指皇权,根本不敢接茬。你天天听着各个臣子跟你哭穷要钱,一个个脸拉得老长。可是回想起父皇在的时候,也没觉得这天下会这么穷啊。你每天听得是愁眉苦脸,这时候出现一个跟你报告好消息的臣子,你激动得恨不得赏赐他全家。慢慢地,大臣们知道你什么德行,正经跟你汇报工作你也听不懂,那只要会忽悠,升官发财指日可待。

有大臣来向你报告某州府发生了平民暴乱,他是如何上阵冲锋、浴血奋战,最后镇压暴乱,维护了一方安宁。你听得非常起劲,高兴地给他升了官,还夸他护国有功。然而,实际情况是因为这大臣行事残酷,逼得百姓造反。

有大臣说某城闹了大旱灾,他自己出钱从别的地方买了一大批粮食赈灾,百姓们都跪下感念皇恩浩荡。你听后大喜,赏了此人一大笔钱。可实际上是这大臣多年来贪了不少粮食,眼看事情压不住,才勉强给饿得只剩骨头的百姓一点施舍。那个年代又没有手机,你又不能坐轿车到处微服私访,所以只能是底下人报什么你信什么。

当然也是有忠臣良相的,纵使你有万般不是,他们依然没有放弃向你进献忠言。但俗话说,忠言逆耳。一般的皇帝对这种稍稍刺耳的奏折多是不闻不问,束之高阁。但你知道自己有缺陷,对外界的异议特别敏感。一些忠臣在上完奏章后不久就被你逮捕下狱,之后又用极度残忍的方式折磨致死。这些小道消息传到宫外,朝野上下大受震撼。因言获罪在本朝并不新鲜,但是被皇帝亲手折磨致死还闻所未闻。更何况上奏章的人里有几个本身就是言官,他们的职责之一就是要指出皇帝的错误。

从此,所有人都知趣地闭上了嘴。一开始只是不指出你命令上的错误,到后来再也没有人向你上报朝堂内外发生的坏事。之后更是被有心人捕捉到你的敏感点,开始对有可能影射你的内容捕风捉影。一旦发现有可能影射到你缺陷的言论,上报给你后,发言者遭受极刑,举报者重重有赏。

由于你没有受过系统的教育,你根本没法坚持天天上朝。你身边的太监们最先看出了你的弱点,于是特意从宫外挑选了好几个美貌少女送给你。你每天左手美酒右手美人,终于体会到了当皇帝的好。你是这天下权力最大的人,批奏本什么的,就让那帮儒士老头去干好了。有时候,你也会让你的伴读太监念给你听,念完你问他怎么看,只要他把你说服了,你就让他拿朱笔批红。这样一来,太监的权力越来越大,以伴读太监为首的宦官群体把你哄得团团转,让你觉得四海升平。

一天早朝,有个老大臣好好地突然发难,要你杀了身边的太监,说罢以头撞墙,血染长阶,上演了一出"文臣死谏"。

好不容易应付完朝堂那边,回到内宫,太监们也不消停。这群人知道了朝里有人弹劾他们,纷纷跪倒在你跟前哭诉,说他们一心服侍皇帝,没想到外面的佞臣们竟然想跟皇帝作对,害死他们。你听得一头雾水,也不知道到底该怎么办。太监们竟然就这样一直跪在你的面前号哭,哪怕你上床休息仍不肯离开。

你上位仅仅两年就搞出这么多闹剧，几个顾命大臣终于确定了你的本性，开始试着把持朝政。虽然你残暴又敏感，但这群从科举中"卷"出来的老狐狸应付起你来还是不在话下的。他们先是联手把宦官势力整得服服帖帖，然后又开始整合文官们。从此，你被困在了一个由他们精心编织的圈子里。你得到的永远是好消息：江山在你的治理下河清海晏、国泰民安。有几次你问这些大臣们，为什么给你的奏本越来越少。他们回答你，国家在你的治理下已经是盛世了，哪里还有什么事情要处理。这种假到没边的回应，你竟然相信了，从此这些朝臣再无顾虑，彻底将大权揽在了手里。

如果这些顾命大臣能够就此整理朝纲、励精图治，那对社稷来说也算一件好事。可惜事情没有那么简单。几个顾命大臣开始内斗，相互打击、同室操戈。很快，其他大臣各自站队，开始了更加激烈和残酷的争斗。就这样，曾经还能苟延残喘几十年的社稷江山在你的催化下彻底走向了末路。

皇帝可以随心所欲吗

　　皇帝在中国古代是站在权力塔尖上的人。朝外的事务,皇帝可能会因为各种原因妥协。那朝堂之内呢?皇帝能不受限制地随意赏罚众位臣子吗?皇帝发出诏书,命令就可以顺利贯彻执行吗?国家的税收可以被皇帝随意挥霍吗?其实这一切没有你我想象得那么简单。

你是皇帝，你的爷爷在位期间呕心沥血、励精图治，好不容易打造出一个太平盛世。但你的父亲昏庸无能、骄奢淫逸，只用了十几年就将国家社稷挥霍一空，自己也英年早逝。等到你接手时，国库空虚、朝政废弛，整个国家都摇摇欲坠。你年纪尚小，也没有受过什么好的教育，好在有几个还算靠谱的大臣勉强将朝廷收支做到了平衡，同时对地方恩威并施，维持住了朝廷在地方的影响力。

你到了一定的年纪后，按照太后和大臣们的意见，娶了门当户对的大家闺秀当皇后。皇子出生了，你也慢慢稳住了自己在朝中的根基。然而，随着年岁的增长，你开始有了更多自己的想法，也对身边那些老臣有些不耐烦。

他们首先惹恼你的就是拒绝你修复皇宫的提议。事情很简单，你的父亲在位期间兴建土木，扩建了皇宫，还增建了几个寝宫。自你父皇驾崩之后，这些寝宫里的宫女都搬了出去，房子无人打理，就慢慢荒废了。如今你年岁渐长，觉得这些寝宫就这样晾着实在可惜，而你也正好想要充实后宫，所以想将这些寝宫修葺一新，重新利用起来。

你知道那些老臣一个比一个固执，提出这个建议，他们必定会吹胡子瞪眼地反对。但是这事你还不得不和他们提，因为翻修宫殿花的可不是一笔小钱，而你内帑那点银子每年维持宫内开销，已经所剩无几。

你硬着头皮亲自拜访了几位重臣，因为只有他们同意了，国库才能拨钱给你。结果不出你所料，你的提议刚说出口，就被他们彻底否决了。他们开始口若悬河地讲道理。一个老臣拿出了阿房宫的例子，告诉你此举劳民伤财。还有一个老臣提到了烽火戏诸侯的故事，暗指你要是敢这么做，就会迎来周幽王的下场。你听得心烦，随便应付了几句后，赶忙背着手快快不快地走了。

回家后，你也打起了退堂鼓。你明白如果执意这样做，即使事儿能办成，也要付出不小的代价。到时候整个朝堂鸡飞狗跳，你也会在史书上留下污点。但几天后的情况超出了你的想象。你明明只是跟几个老臣们提过这个想法，谁承想没几天工夫，这件事就闹得京师内外尽人皆知。官员们纷纷上奏疏"讨伐"你的行为。

奏疏如雪片般飞来，无一不在弹劾你。有些奏疏似乎把你说成了荒淫无度只顾贪图享乐的亡国之君，甚至有人暗指你身体不佳就是因为过度沉迷于酒色之事，老天爷马上就要为此降下灾祸。你气得头皮发麻，想要把这些人都杀光。但随着怒火渐渐平息，理智占了上风，你打消了这个疯狂的念头。这些人不能全都处理掉，但你决定抓几个人来治罪，给自己出口气。

但是，抓谁？用什么理由抓？你知道，这消息肯定是几个老臣中的某个人或者几个人故意透露出来的，但这几个人是万万抓不得的。毕竟，朝廷内的奏疏和各种公文都要他们处理，如果他们被下了狱，朝廷基本上就会瘫痪。那就捡骂得最狠、最难听的人出来吧。这些人虽然都是京官，但是位置没那么重要，干掉他们马上就会有人顶上来。

想到这里，好久都没有动笔的你不等太监来代写，直接拿来纸笔，洋

王权篇 / 权可谋身 亦可谋国

洋洒洒地写下你要处罚的人的名字和处罚内容。首先是把你比作商纣王和周幽王的二人，你要将他们斩首弃市。接着就是其他不留情面的，你打算将他们打上几十大板，然后革去官职流放到边疆。

写完之后，想象着这些人被惩罚的场景，你气顿时消了一半。接着你命太监立即将这份圣旨传达给内阁，让内阁的大人们帮你办这件事。降罪官员还是要走一下流程的，毕竟你要办的可不是几个草民。这几个人是维持帝国稳定运行的官僚系统的成员，显然不能毫无理由地处置他们，不然你的名声可真就跟商纣王差不多了。

按照经验，几个小时后，内阁应该会上奏疏来帮你弹劾这些人，指责他们上书言辞不当，然后走议罪流程。但是这一次你左等右等，等到太阳下了山也没等到内阁的动静。等到晚上，实在熬不住的你，只能亲自去内阁了解情况。

你去的时候，内阁正好在交班，几个老臣都在这里。有的正在整理文书准备下班，有的悠闲地坐在内阁大厅里沏茶谈笑。看到这一幕，你气不打一处来。这几个臭老头有意见明明可以和你提，大家一起商量，结果转头就在背后鼓动众臣上书。现在事情闹得这么大，你被搞得焦头烂额，这几个始作俑者却个个隔岸观火，好不自在啊！

即使愤怒到了极点，你也强压着怒火让他们起身回话。这次你没有寒暄，而是开门见山地问他们为什么还没有处理你交给他们的任务。这几位老臣听了你的质问，却没有表现出丝毫不安，反而相视一笑，捋了捋胡子，低下了头。

年纪最长、资历最深的内阁首辅清了清嗓子，向你解释道："这些人都是沽名钓誉之辈，就是希望借此得到皇帝的惩罚。如果您真的打算严惩他们，反而遂了他们的愿。"

此话说完，其他人也跟着附和。你不是傻子，知道他们其实是在保护自己的下属，不愿意替你去蹚这趟浑水。你没有接茬，愤愤地说："朕就是咽不下这口气，今日无论如何都得把他们给治了。"听了你的话，这些人仍然不为所动，依旧劝阻你道："如果您真的处罚了他们，他们会成为忠臣，您却会成为昏君，可千万不要上他们的当啊！"

内阁的推脱彻底引爆了你积压多日的怒气，你把自己带来的奏疏摔在地上，大声骂道："这帮奸佞，在奏疏里把朕骂得如此可恶，简直丧尽天良！你们这些人口口声声说是为了朕，可竟没有一个人替朕着想。"你的这一举动总算是触动了他们。一个小太监知趣地将奏疏捡了起来，递给老臣们。大臣们接过奏疏一一翻阅，想看看里面到底是怎么说的，竟然能把你气成这个样子。

这些老臣们原本有些松懈，但是越看脸色越凝重。他们被奏疏里的内容震惊了。虽然当初是他们指使手下写这些奏疏来弹劾你，但内容是让门生们自由发挥的。现在看来，这些门生的发挥确实过火了，谁看了都会气得背过气去。大臣们边看边叹气，不知是对奏疏的内容感到无奈，还是对自己的学生感到无奈。直到首辅读到一份奏疏，神色突然变得有些玩味起来。

读完后，首辅放下奏疏向你跪拜道："老臣知道皇上您确实委屈，可读完这份奏疏后，老臣觉得您这次确实不能惩处这些人。"说完，他将刚读完的奏疏交到了你手里。你强忍怒火，扫了一眼这份奏疏。这不看不要紧，一看你更是气不打一处来。所有弹劾你的奏疏，就数这份骂得最恶毒、最刺耳。

你大怒道："为何不可。"首辅依旧不起身，而是恳求你再次细读。你又强忍着怒意看了一遍。这奏疏果然恶毒，不仅将你比成了历朝的亡国之君，还汇总了你的现况。说你近来偶尔因为身体不好不上朝耽误了正事，是因为嗜酒成性喝坏了身体。说你想要多修宫殿,证明你穷奢极欲。说最近有几个地方闹饥荒,是因为你的德行不够,所以老天爷降下惩罚来警示你。更过分的是,他说你迟迟没有让皇后生下儿子,是因为你沉迷美色,根本不照顾皇后。

看完后你怒意未减,不得其意。首辅见你还不开窍,只得解释道:"这些奏疏言辞恶毒,但目前只有皇上您和我们几个老臣知晓。若因此而加以惩处,奏疏上的内容反倒会公之于众了。"见你依然迟疑,他继续说:"老臣们若是给他们定罪,必须经过刑部留案,上至侍郎下至书吏均需参与审查。到时候这些奏疏只怕会广为流传。"你正在气头上,哪顾得上这些,说道:"朕身正不怕影子斜,这些东西朕不在乎,只要能治这混账的罪就好。"

首辅听后气定神闲地回答:"老臣知道陛下兢兢业业,为了社稷百姓累坏了身体。但您还需考虑,若这些奏疏外泄,再加上这些人被处罚,外界必定会流传许多不实言论。这对皇上您来说,未免得不偿失。"

听了这话,你一愣,突然意识到些什么,开始盘算起来。你若是真把这些人治了罪,到时候奏疏流传出去,按照这群文人士子的个性,你肯定会成为他们口中的昏君。再过上些时日,野史里恐怕传得更难听。而且这记录留在史书里也确实难看,后人哪会管上书的人是不是造谣,只怕会认为你昏庸无道。

但是你不愿意这样算了:"难道朕就这样被他们白白骂了?"首辅看你始终转不过弯,也不再遮掩,直言道:"依臣之见,这件事只能轻拿轻放。皇上实在气不过,我们只能找个其他由头将他革职了。"

你的怒火就这样被硬生生地压了下去。你实在想不出惩治这群人的办法,跟这群老臣把这些人一通臭骂后,事情也就作罢了。

最后这些老臣们还是批了钱给你修宫殿、扩后宫，虽然计划中的各地进献一千名美女变成了公开遴选一百名民女，宫殿也只是选了两个还算看得过去的寝宫简单修补，勉强入住。你不由得感叹，自己明明是天子，天下万物都是你所有的，没想到修个宫殿都这么费劲，活得还不如藩王。

扩充后宫后，老臣们也不消停，开始频繁问起你的生活。一方面，他们动不动追问你为何不去皇后那里，实际上是在暗示你应该让皇后尽快生下一位皇子。另一方面，他们更加频繁地催促你上朝处理政务，搞得你想偷懒都没法子。不仅如此，你稍微和平日里照顾你的太监走得近了，给了他们一些小封赏，这群老臣就小题大做，拿出之前宦官祸乱朝政的例子来劝谏。你不得不忍耐。你知道这些糟老头子很烦人，尽管你现在的权势和根基很稳固，但你要是把这群人踢走，换成对自己百依百顺的大臣，那这江山肯定是要亡在你的手里的。

有一天，你突然萌生了一个大胆的想法：自己这么大年纪了，竟然没有离开过京城，甚至连皇宫的大门都没走出去过几次。这些年来，你见过的人除了宫女、太监、朝臣，以及围绕你的各色闲杂人等，这世上的三教九流、山川异域，作为皇帝，你几乎没有真正去体验过，实在是可惜。朕的江山这么大，朕想去看看。

不过这一次，你变聪明了，没有和那些老臣们说起你的想法。你知道老头们是怎么想的，他们每天忙各种事情就已经够烦的了，哪肯再为你安排出行事宜，届时必然会找种种借口拒绝。不如别告诉他们，换上平民的衣服来个微服私访，这样也不用他们操心了。就这样，说干就干，你让人通知内阁，自己近来身体有恙，所以这几天都不上朝。如果有什么事情，也不要过来直接面议，而是传条子到寝宫，由你来定夺。其实，你已经留下了一个你信得过的太监在寝宫，帮你处理所有事务。只要这些老头不坚持要求见你，事情就不会露馅。

接着你叫上了几个可靠的侍卫和几个和你关系好的太监，装扮成大户人家，在一个月黑风高的夜晚逃出了皇宫。走出皇宫的那一刻，你的内心不免有些忐忑。一来害怕自己被流寇或劫匪袭击，二来担心皇宫那边露馅。但是等到你在外面尽情游玩后，所有这些烦恼都被抛到了脑后。没有人每天监督你的言行，没有烦心的政务需要处理，也没有后宫那些嫔妃们的钩心斗角和争风吃醋。你感受到了前所未有的轻松与自在。

但好日子没有持续多久，就在你玩得尽兴、打算继续向南时，却被几个大臣拦了下来。往日里养尊处优，甚至连喝茶都得让下人端的贵人们个个狼狈不堪。他们骑快马而来，一脸惊惶，看上去已经好几天没有好好吃饭和休息了。大臣们下马就跪，和你说着天子身为天下之主，社稷为重，一定要立即回宫之类的话。

原本你还想着再骗这几个老头子一次，继续南下玩上几天。但看着跪在地上苦苦哀求的几人，你也没了办法。虽然你可以一意孤行地牵马南下，但这群老头就这样继续跟着，你也于心不忍。毕竟，这些人知道你离开宫殿后，个个吓得魂飞魄散。其实你要是死在野外倒也不是什么大事。主要是害怕有心之人把你劫持了，搞出不利于江山社稷的事件，那么整个国家的前途就会岌岌可危。

得知消息的当夜，老头们什么都顾不上，穿着官服，一路南奔，路上都没有吃上几口饭，就只为把你叫回皇宫。他们甚至比那些骑兵们还先发现了你。就这样，碍于情面等各种因素，你乖乖地跟着他们回了京城。回到宫中，这些老头们心有余悸，生怕你会再次"出逃"，所以打算把这次懈怠渎职的皇宫看守们和协助你"逃跑"的人全部问罪，还是你亲自过问才免除了他们的罪责。

从皇帝为什么不能随心所欲这件事上，我们不难看出，皇权社会的运行方式将所有人捆绑在一起，皇帝只不过是这套规则的最大受益者罢了。

设计者设计这套规则的目的是要约束所有人来保证王朝的延续,所以皇帝也是无法幸免的。当然,也有一些皇帝选择肆意妄为,随心所欲,但是规则的打破往往都预示着王朝的衰落和崩溃。

王侯将相宁有种乎

/ 臣子篇

Feast of Power

古代能冒名当官吗

古代交通不便，信息传播渠道极为有限。古代官员上任时，需要亲自携带官印和文书前往地方赴任，那么有没有可能官员在途中被土匪劫杀，土匪冒名顶替上任？如果这样做会面临什么风险，需要骗过哪些人，最终会因为什么原因被识破呢？

你是老爷的一个跟班，也就是人们常说的师爷。你家老爷在某地做了几年学究后，由于政绩显赫，被调往南方任职知县。你们在京城吏部确认了身份后，吏部的官员便将官印和文书交给你们，让你们赶赴任所。

一路上，你们风餐露宿、日夜兼程。临近目的地时，道路愈发崎岖难行，只能边走边问，依靠当地人的指引前行。有时需要渡河，有时甚至要攀爬几座大山，经过一些偏僻地带时，连续几天见不到一个路人。一次，你们在林中休息时，突然窜出一群土匪。若在繁华地带，再穷凶极恶的土匪见到官员队伍都会退让三分，因为他们明白劫杀普通人或许无人报官，即使报了官，地方官府也未必当回事。但若劫杀了官员，不仅地方会因无人赴任而荒废政务，民生不安，朝廷也会派人扫荡。因此土匪大多对官员避让三分。

然而在这穷山恶水的地方，这群土匪可能不知你们是朝廷命官，仅因看到你们穿戴华丽便起了杀心。土匪们不废话，挥刀上前，一个个地砍杀。你吓得两腿发软，直接栽倒在旁边的野渠里，逃过一劫。老爷和他的家人、奴仆全都没能幸免。你躲在野渠里听着熟悉的人临死前的哀号，吓得瑟瑟发抖。等到夜晚，你确定土匪已经全部走远后才敢出来。

借着月色，你看到老爷和他家人的尸体，发现马车上的财物被洗劫一空。你左挑右拣，想从剩余的东西里找些吃的，支撑着走出森林去报官。但你却从土匪抢剩下的东西里找到了宝贝，那就是老爷去地方任命所需的官印和文书。你一开始以为土匪不识货，但仔细一想，土匪就算知道也不敢拿这烫手的东西，毕竟这是官印，既卖不了钱，又容易惹祸上身。看着老爷的尸体，你突然冒出了一个大胆的念头：冒名顶替，拿着官印和文书去上任。

这个疯狂的想法吓了你一跳，但转念一想，你觉得自己可以一试。首先，老爷的所有亲人都被杀掉了，没有人能认出你。其次，你饱读诗书，且在老爷身边做师爷多年，熟悉当官的待人接物之道。只要一开始不被识破，后面见招拆招，也未必有人能拆穿你。再说了，不这样做你还能怎么办？若回去报官，从此别想再做师爷。这群官老爷一个比一个迷信，做不了师爷，你只能回去教书，但你甘心一辈子教书吗？思来想去，你决定搏一把，大不了东窗事发，人头落地，也比碌碌无为一辈子强。而且你打定主意要做一个好官，实现人生梦想。

打定主意后，你换上老爷的衣服，拿着文书和官印匆匆赶往目的地，生怕再次被土匪盯上。到了目的地，你才发现这里山清水秀、民风淳朴。大部分百姓未曾离开过本县，本地乡绅也少见北方之人。你自称是新来的县老爷，他们没有起疑。

前来接待你的本地胥吏见过些世面，看见你孤身前来颇为疑惑。你讲述了遭遇土匪的经历，称路上随行的师爷、小妾和下人都被杀，只有你一人逃了出来。未等胥吏多想，你便摆出县太爷的架子，怒气冲冲地问为何你远道而来却无人迎接。接着，你指责胥吏未维护好衙门，有失官府风度。胥吏见你气势逼人，心里认定你真是新来的官老爷，再想到以后要在你手里当差，便不再怀疑。

因无人可用且不知如何用人，你告诉大家不会轻易变更人事，大家按部就班，原来做什么现在继续做什么。大家原本担心新知县赶人出衙门，听你如此说，皆大欢喜。

初来乍到，你小心翼翼，与人客气，事事按条例办。大家惊奇地感叹：真是老天爷开眼了，等了一百来年终于来了个清官。一个月下来，你发现县老爷的工作其实没那么忙。县内事务各有专人管理，收税、缉盗、耕读、土建等事宜安排得井井有条。你只需露面决策，甚至奏折和政令都有专人，也就是你的师爷代写。地方乡绅怕你寂寞，送来小妾和丫鬟。起初你很惶恐，推辞了几次，后来也坦然接受了。渐渐地，你的手不再粗糙，生活日渐轻松，你觉得这样过一辈子也不错。

过了一段时间，第一个大考验来了。你收到原来赴任知县的小舅子的来信，称要来投靠你。你看了信后被吓得魂不守舍，知道自己要被拆穿了，因为他认得你。几天后，你反应过来，这个小舅子其实好对付，诱之以利，动之以情，晓之以理，胁之以威。

几天后，小舅子果然来了。你遣散所有下人，把他叫到府上，准备美酒佳肴接风。他以为是姐夫命你接待，所以推心置腹地聊起来。你得知他考功名未果，放弃了读书的念头。可他在老家没有田产土地，思来想去只能投靠姐夫。你越听心里越有底气，也想好了对付他的方法。

过了一会儿，你端出一盘白银，对他说只要他愿意留在这里，这些钱足够让他开个店铺，还能再娶个媳妇，知县也会给他相应的照顾。他听后激动不已，当即跪拜，想让你替他向姐夫道谢，还请你马上带他去见姐夫。他一边说，一边向内堂探头探脑，奇怪为何到现在都没见到自己的姐姐。

接着，你毫无保留地将事情的经过全盘托出。他从一开始的不相信，甚至以为你在开玩笑，到最后的悲痛和不可思议。最后你问他有什么主意，并告诉他，如果不愿意合作，可以直接去报官，那么他今后就再也没有一个做官的亲人了。

若他愿意替你保守秘密,你会继续当官,也会把他当亲人对待,因为你需要他来应付原知县的亲戚。小舅子思索良久,最终决定保密。他跪下感谢你承担了这一切,让他和他的家人还有依靠。你听后松了一口气,赶紧将他扶起。他立即写信回老家,告诉亲人你的遭遇,解释你为何赴任许久未联系,是怕家中老母担心伤身。今后若有事,可直接找他处理。

之后,你给了他银子,替他找了个可靠的媳妇,还帮他在县城开了店铺。从此,你在县里也有了个互相照应的心腹。而且这样一来,县里的人更加没有理由怀疑你的身份。

又过了将近一年,你迎来了第二个大考验。知州大人要来县里考察。这次可不能像上次那样用利诱解决,稍有露馅,知州大人就会把你拿下,至少判个斩立决。因此你在知州来前做了功课,了解他的喜好和为人,以及官场风评。得知知州与其他官员是一丘之貉,一心只想着搞钱后,你心情稍微平复了。唯一麻烦的是,他与原本的知县有些渊源。虽然不是同榜进士,但恩师是同一阁老。虽然他们从来没有见过面,但你必须提前想一想老爷与恩师的过往,免得露马脚。

知州大人到来的那天,你从见到他的那一刻起就浑身发抖,后背不受控制地冒冷汗。知州大人和随行的人不知道其中猫腻,以为你是因没见过世面而紧张害怕他。特意把你拉到一边,拍着你的后背安慰道,你们是同一师门,他不会给你找麻烦,让你不要紧张。

后来,知州大人派人四处走访,听到老百姓对你的评价还不错后,心里有了底。考察工作还是要做的,他不需要你是多好的官,但得确保你没在这里捅出能惊动朝廷的大娄子,免得到时候他也跟着负连带责任。

走访完，知州放下戒心，开始跟你吃饭喝酒，于席间畅聊。身为上位者的他主动与你大谈为官之道，讲述多年来的官场经验。在他看来，你们师出同门，作为师兄他有义务带你这个新人了解官场。你只需耐心听讲，装作很受教，不断点头认同，讲的人尽兴，你也能蒙混过去。事实上，你确实听到了一些有用的东西，比如要想升官就得讨好上头而不是去管下头等。你听后微微点头表示认同。

没多久，知州大人又讲起了诗词歌赋。虽然他是个巨贪，但恰好喜欢这些，而你早有准备，提前了解他的诗词喜好并做足了功课。你只是个运气好而混上来的秀才，而你原来的老爷是正经乡试上榜的举人，你俩的文化造诣完全不在一个水平。知州大人的话你只能勉强应对，有时回答起来甚至词不达意。知州心里有些困惑，心想师弟这水平怎么上的榜，但他没有细想。

你应付了一会儿，感觉时机到了，便使了个眼色给下人。下人赶紧搬出你专门为知州大人准备的礼物和银两。知州见此装作吃惊，边摆手拒绝，边说道："咱们都是师出同门，快收了这些东西吧。今后在官场上大家互相照应，说不定哪天老弟你就升到我上头了。"你当然没老实到那种地步，依旧坚持着塞到知州大人的手里，还虚心地说："今后师弟我还需要师兄多多照顾，这点东西只是表示一下心意，希望您不要见笑。"双方做戏推辞几番后，知州收下礼物，没多久"恰巧"有人通知知州大人府上有急事，知州便匆忙离去。看着知州远去的背影，你终于松了一口气。

又过了一年，原知县所在书院的一位学弟路过，提前写信告知你。这是你要过的第三关。这人虽然没有官职，但能说会道，才华横溢。你大胆猜测他未见过老爷，复盘老爷的经历，分析学弟来信的内容，认为两人可能只是在某次文士聚会上有过一面之缘。而今已过去十多年，发生了很多事，他应该记不住老爷的脸。你熟门熟路，提前准备好应对方案。

学弟来了后，你未先见他，而是派人摆酒设席接待他，让许多人作陪，命人尽量给他灌酒。等他喝得差不多了，你才姗姗来到宴席，醉眼蒙眬中，学弟果然未发现端倪，还亲切叫你师兄。他趁机表示想做你的师爷，许多人以为你会答应，结果出乎意料，你婉拒了他。你明白应付一两天可以，但长期共事肯定会露馅，而且你与他利益捆绑不深，他若识破可能反水，你承担不起风险。

宴会结束得有些尴尬，学弟虽醉酒，但脸色不好看，疑惑和不甘让这个人脸色更红。第二天你留信给他，直接回了府上，未再见他。

年轻人读信后，恍然大悟。信中你向他解释了拒绝的理由，你表示他是大才，要是在你这里做个师爷那就埋没了人才。你虽心痛，但也只能拒绝他。你勉励他坚持考取功名，今后在官场上他肯定走得比你远。不仅如此，你还给他足够的银子。师弟读完信后感动得一把鼻涕一把泪，大呼自己总算遇到了伯乐。就这样，师弟也给你留下了一封道谢信，匆匆离开了。

多年以后，你在任上屡屡化险为夷，还结交了许多官场朋友，有了很多门路。因此你的警惕心一再下滑，对自己的身份也不再那么敏感。有一年，邻州遭遇大灾荒，朝廷赈灾不力，激起了不小的民变。地方大小地主都怕流民抢粮，你顺势与乡绅合作，组织团练和民团武装。不断有小股劫匪路过，你派民团武装消灭他们，保境安民，地方上下都认可你的做法。

看着这风起云涌、变幻莫测的世道，你在民团中挑选出能指挥、会打仗的人才，提拔拉拢他们。之后果然形势恶化，一股小有势头的叛贼开始在你所在的州府攻城略地，当年那个老师兄自杀殉国，州府一时没了头领。没多久，朝廷诏令下来，命你临时担任知州，负责平定民变。

当上临时知州后，你放开手脚，让那些能打仗的人才们大胆去干，没多久就平定了民变。因这一功劳，你被朝廷注意到，很快有传言称朝廷要召你进京表功，正式任命你为知州。立下如此大功，你一时得意忘形，早把冒领官职的事忘得一干二净。

到了京城，因新立大功，许多人看好你，纷纷前来拉拢讨好你。你每天想着正式上朝面见皇上时，如何对答才能在皇上面前留下深刻印象，为自己争取更多好处。正当你踌躇满志时，问题出现了。一位要来探访你的官员竟然与老爷是同榜进士，当年进京赶考时两人还相处了不少时间。他听闻你立了大功，便想过来看看。他刚敲开你的门，见了你一眼便皱起眉头匆匆离去。当时你正春风得意，没怎么在意，以为是有人串错门了。

第二天一早，你还做着出将入相的美梦时，突然一群捕快踹开大门，将满头雾水的你逮到了刑部大牢。进了大牢，你心里大概明白，冒名顶替的事败露了，否则你不会被如此对待。果然，没过多久，刑部会审不仅有刑部的官员，还叫来了当年上榜的官员们一同核对。你知道事情走到这一步已无翻盘可能，便坦白交代了当年的事情。最终会审结果不出你所料——斩立决。

跪在刑场上时，你虽然很害怕，但一想到这么多年的经历，便释怀了。毕竟，这么多年的为官生涯，你已超越了很多人。

古代小兵如何成为将军

很多人读历史传记，常常会仰慕那些从卑微出身一步步爬到将军之位的名将。尤其是那些没有受过正规兵法教育的小人物，他们怎么既能持刀立马冲锋陷阵，又能坐在营帐中运筹帷幄，难道他们生来就会这些吗？

你出身卑微，很小的时候家里遭遇灾荒，为了全家不被饿死，姐姐把自己卖进贵人府中为婢女。靠着这笔钱，你们才度过那次饥荒。成年后，家里依然贫困，你迫不得已上山烧炭，勉强度日。一次炭场坍塌，许多人被活埋，而你因位置选得好，被埋得浅，侥幸活了下来。

被挖出来后，看着浑身乌黑的自己，你咬牙发誓不能再这么活下去。烧炭和打仗都是玩命，烧炭一辈子不过是个直不起腰的烧炭工，不如上战场搏一搏，万一成了，人生还有盼头。

你孤身一人来到军队报到，你所在的地方是北部的边镇之一，驻守边塞、防御回纥或吐蕃的侵袭。多年烧炭，你锤炼出结实的身体，虽然瘦弱却很强壮。军队的小头头打量你几眼，在纸上写了几个字，发给你一个木牌，从此你就是军队的人了。

如今边患不断，干旱和瘟疫也带来了无穷无尽的内乱。原本至少要训练几个月的你们，突然被拉到战场和敌人作战。你们这支队伍大多是你这样的新兵，夹杂着一些干练老兵维持阵形。所以你们只能被派去平定内乱，而不是对付更恐怖的塞外敌人。

即便你们缺乏训练，但毕竟是官军，面对由农民为主力组成的叛军，如同割草般所向披靡。叛军的武器多为竹子制成的短矛，衣不蔽体。几个看上去像是军官的人也只身穿几片破烂木甲，不仅抵御不了刀剑，连稍有威力的弓弩也能轻易洞穿。他们是临时起意，缺乏像样的弓手和骑兵，既不能组织阵形，也无法执行战术。

虽然你们也缺乏训练，且没有骑兵掩护和辅助，但在高年资军士的组织下，至少能结阵前进，按照军号命令转向或前进后退。这对农民军来说是降维打击。每个新兵手中都有盾牌和精制长矛，虽然没有重甲，但面对同样缺乏训练的农民军，你们可以自保，因此对阵时心里是有底气的。很多时候甚至不需要你们动手对砍，农民军早已在几轮箭雨后士气大失，直接溃败。你们只需上前用长矛将他们逐个刺死就行。

此时的你初识军事，突然意识到战争中许多东西的重要性：兵器盔甲、兵种配合、队伍士气。你认为这些东西里最重要的就是兵器盔甲，对面的农民军若有像样的武器装备，完全能与你们打个平手。

就这样，你们一边追击叛军，一边在闲暇时间接受老兵们的捶打和训练，队伍越来越有实力。有时，你会觉得你们这些新兵与老兵们的差距只在于那些重甲和利器。然而，直到经历了一场硬仗后，你才发现老兵们的实力远非你们这些新兵所能企及。

有一次，你们轻敌冒进，击溃敌人后继续追击到了他们的大营寨。杀红眼的你们看到营寨里的财富后，大多数人都丢下武器，放过敌人，开始争抢钱财珠宝。毕竟，拿一个人头还要和队伍里的兄弟们平分功劳，抢到的财物放在自己兜里那就永远是自己的了。这次追击很快变成了哄抢。但就在你们抢得尽兴时，突然传来了数发响箭的声音，接着整个营寨外围被无数敌人包围。

他们人山人海地逼近，一些人手持火油浇灌的瓶罐，不断向你们投掷。

显然，就算是再傻的人也知道你们中了埋伏。这群农民军突然玩了一次心机，假装溃败，诱使你们进入圈套，再包围你们。遭遇如此围攻后，你们中许多人丧失了战斗意志，有人丢掉武器试图投降，有人钻进尸体堆试图逃过一劫，还有人呆呆站在原地，直到被火油瓶击中，全身起火才大声呼救。你也僵在了原地，停止了思考，等待死亡降临。直到一个老兵跑过来，手脚并用把你推到阵里，你才清醒过来。

这时你才真正意识到你们这些新兵与老兵们的区别。老兵们似乎也很害怕，但并不像你们这群新人那样慌乱。平日里看似偷奸耍滑的老兵们，此刻却拼尽全力，一边接阵杀敌，一边把像你一样被吓破胆的新人们收拢回队伍里。一个平时总是喜欢偷懒的老兵，你对他的印象很差，但他今天仿佛战神下凡一般，一边拉弓射箭，一边在敌人靠近时用刀与之厮杀。他砍倒靠近的敌人后，又迅速拉弓上弦，整套动作行云流水，仿佛这是一场游戏。

在老兵们的带领下，你们逐渐稳住了阵脚。这群叛军发现计谋未能得逞，冲过来还是被砍倒，没多久便一哄而散。而你们大多因长时间战斗而力竭，未再追击。战斗结束后，你看着鲜血染透的盔甲和堆积如山的尸体，突然意识到为什么军官们会放任这些老兵偷奸耍滑，用各种借口欺负你们这些新人。因为他们才是战斗的主力，只有他们能在塞外面对柔然骑兵的正面冲击时面不改色，甚至能在绝境中以必死的勇气与敌人搏斗。想要打赢一场战斗，必须拥有真正的战士。

之后，国内的叛乱被平息，你们被调回边疆对付塞外的敌人。你靠着平息叛乱的战斗积攒了一笔不少的钱财，娶了一个军户家庭的女儿。她的父亲已经战死，只留下她一人。你给了彩礼，而她的嫁妆是父亲留下的一匹马和重甲。靠着这匹马和盔甲，你不再是个大头兵，而是被晋升为队主，手下掌管五十来人。

尽管这并不是个大的官职，但对你来说却是日后走上成名之路的关键一步。成为队主后，你可以避免许多近乎送死的任务，有更多机会参与真正的战斗。虽然你不精通兵法，但掌管五十人不需要太多智慧。能看懂军旗和号令，在战斗时将手底下的人凝聚在一起，你就已经算是合格的队主了。每月初，你为大家领上个月的饷钱和这个月的给养，尽量做到公平分配，这使你成为初级军官中比较靠谱的一个。

有一次，你们接到了一个重要的任务——带着手下的骑兵前去参与烧荒。所谓烧荒，是针对塞外游牧民族的一种策略，也是每年最重要、最危险的任务之一。为了避免塞外游牧民族秋后前来劫掠，你们必须提前出城，尽可能放火烧毁塞外的草场，甚至还要在大大小小的河流中下毒。草场一旦被烧毁，塞外的柔然人派军队过来进攻时，他们不仅后勤压力增大，而且因土地缺乏植被，难以掩藏自己的动向。

烧荒不是简单的郊游然后放火，而是极为细致和复杂的任务。你们需要找到愿意合作的牧民作为向导，尽可能深入北方草原，找到合适的草场。一旦发现草势不错的草场，就意味着旁边必定有水源，你们必须尽可能地放火，同时给水源投毒。然而，柔然骑兵不会坐视不理，一旦被他们抓住，你们几乎没有生还的可能。

在塞外，地势越往北越平坦，视野越开阔，你和手下的骑兵们越感到不安。牧民向导可能故意引你们入圈套，你们也可能被一支游牧大军逮住。即使遇到只有十几人的游牧队伍，你们也在劫难逃。因为他们个个都是骑射一流的高手。或者根本没有遭遇敌人，却在塞外迷失方向，用光给养，最终渴死在荒野。

最后你们用时半月，遭遇了各种风波，但最终有惊无险、安然无恙地返回了军营。这次经历让你明白了独立掌管一支队伍的意义和责任，哪怕只有五十人，但你绝对不能轻视任何可能让这支队伍完蛋的因素。保障给养、维持士气、确保情报准确、决定前进方向、平息队伍内部纠纷、压制挑事的手下，这些东西不是你平日里跟着大部队冲锋就能掌握的，而且很多东西即使是兵书上面也不会写，必须靠你自己领悟。

后来，你立下战功，被提升为尉官，手下直接掌握了两百人。你随大军参加了一些规模较大的战斗。有时候，你们会聚集在将军的营帐里，接收战场上的最新动态信息，同时听取将军的任务安排。这时，你才慢慢看到，将军的大帐里有许多不同官职和职责的人，全都围绕在将军身边为他服务。有粮草官定期向将军汇报每日队伍里的粮草状况，有骑兵军官专门负责斥候事务，将斥候们发现的最有价值的动态信息汇报给将军，还有一些人是直属将军的参谋，每天监督军营里各种事务的执行，并为将军出谋划策。

这让你对战争有了更深刻的理解和认识。战争非常复杂又专业，需要无数人通力合作，上下一心才能取得成功。如果将军没有这几近百人的团队为他处理军队里的大小事务，你们这几万人根本不需要敌人来进攻，在外面待上一段时间，就会全部饿死、病死在原地。

之后，你们与敌军发生了一场规模空前的大战，这是你从军以来参与的持续时间最长、战况最惨烈的战斗。你们这些军官连同手下士兵们的精神都紧绷到了极点，将军对队伍的指挥也超出了你的认知。很多时候，千人的大队接受一个看似无比愚蠢的任务，只能硬着头皮上场，紧接着被占尽优势的敌人杀得片甲不留。然而，将军却严禁其他各营前去解救，眼睁睁看着自己人几乎被杀光。一会儿将军又发布了一些你们完全摸不着头脑的命令，执行后竟然吃掉了敌人更多的兵力。

你知道将军不是蠢货，只是这场战争的指挥艺术完全不是你目前的认知水平能够理解的。经过接近一个月的对峙和血战，敌人终于败下阵来，你们这才松了一口气。战斗结束后，你骑着马在战场上溜达，一边感叹战场的残酷，一边观察这里的地形地貌。慢慢地，你在脑海里构建出这块战场的地势，又复盘了将军指挥调动的过程，竟然从中悟出了一些门道。

战争是最好的老师。读过再多的兵书，也不如在战场上接受一次洗礼并且幸存下来。从实际的战斗中学到的东西，比书本上学到的多得多。

你们得胜班师回朝，将军带你们回到兵营后就入京领命去了，你们也在等待朝廷的奖励。然而，不久后朝廷传来的消息震惊了你们所有人：带领你们以少胜多打败敌人、立下汗马功劳的将军，不仅没有得到任何赏赐，反而因为被举报虚报军功而革职。你们通过各种流言蜚语了解到，这里面有着深刻的玄机：将军声望已久，立此奇功更是功高震主。但他不仅没有收敛，反而飞扬跋扈，进京后甚至调戏皇帝的侍女。许多大臣看不过去，原本打算将他检举后投入大牢并诛灭三族。然而，皇帝碍于情面，同时也看在将军立下如此功劳的分上，让他急流勇退。若任由将军继续嚣张下去，他的下场会更惨。

虽然只是随意闲聊，但你心里却领悟了一个道理：一个将军想要打赢一场仗，不仅要处理好军事，还要处理好朝堂上的事务。打败将军的可能不是敌人，反而是那些站在他背后的自己人。

虽然将军被惩罚了，但为了安抚你们这群人，朝廷还是给了很不错的封赏。你被赏赐了布匹和粮食，并因军功被擢升一级，成了校尉。在外人看来，如今的你是因为妻子的嫁妆和足够好的运气才获得这么高的职位。但你知道，你学到的东西已经足以支撑你走得更远，那就是成为一个真正的将军。

成为校尉后，你终于有机会去部署一些大型战斗。千人的步兵，加上其他百人的骑兵辅助，如果你足够优秀，甚至可以创造一些足以让自己在史书上留下名字的功绩。有一年深秋，队里照例派人放火烧荒，但几天后几支小队中了埋伏溃败而回。根据他们的报告，这次柔然派出了一支至少五千人的队伍，准备越过边塞前往内地劫掠。

得知这个消息后，你虽然有些恐慌，但心里却藏着一些雀跃，你感觉到立大功的机会来了。守在边塞一辈子只能默默无闻,最后以一个校尉的身份离场。但你这次若能以少胜多打败敌军,必能得到朝廷赏识,成为将军。虽然对方有五千人,但连续两年的干旱让草场收成不佳,他们的马匹质量必然下降,而且敌军现在冒失集结不到万人进攻,显然已是穷途末路。

你分析自己手下的队伍,这些年来,你的队伍训练认真,军纪严明。你从不克扣手下的饷钱和给养,每个月都会定期过问他们的日常生活。你亲自督促弓手训练,他们的补给状态和射术在塞北六镇里数一数二。你也培养了不少亲卫,经过大大小小的战斗,他们被证明值得信赖,即使你以身犯险,他们也愿意舍命相救。

你评估了状况,安排好人马,决定主动出塞伏击敌军。出关那一刻,你心里没有一丝的害怕和慌张。你不再是当年那个小小的烧炭工,身为校尉的你有了太多别人难以企及的东西。这次冒险若失败,那你就功亏一篑。但你相信自己能从烧炭工走到今天,靠的是自己的能力和判断。

出塞之后,你井井有条地安排队伍的路线和日程规划,同时派出自己最信任的斥候监督敌人的动向。塞北以外二十里以内的地形你已经了如指掌,相信只要安排得当,就能打出一场完美的伏击战。这是你以少胜多的机会,也是你成为将军的唯一机会。在斥候的报告下,敌人的动向越来越明显,离你们也越来越近,而你越发胸有成竹。

一个月圆之夜,这群亡命之徒就在离边塞还有半天路程的地方,背后突然射来一支暗箭,接着是更多凶猛的箭雨。他们无论如何也想不到,一支千人的大军是怎样绕到他们背后的。再加上他们人困马乏,不在最佳战斗状态,被你的部队偷袭后彻底溃败。

回到军营后没多久,你就收到了朝廷的嘉奖以及召你入京的命令。看着塞外的圆月,你知道你的机会来了,一个新的将军就此诞生了。

辞官水太深，你把握不住

我们都知道"万般皆下品，唯有读书高"这句话。这在古代是绝对真理，当官就意味着荣华富贵。但为什么有时候我们会在史书上看到大臣主动提出辞职，哪怕他们压根没犯错？难道这些辞官的人是真的视富贵如粪土吗？

你是个读书人，和千千万万读书人一样，从小接受的教育是忠君爱国、济世安民。漫长的科举路上，你靠着最纯真的理想熬过刻苦求学的艰难时光。等到走过独木桥时，你对当初济世安民的理想有些模糊了。

如今步入仕途，你发现升官发财才是正道，忠君爱国、济世安民不过是空谈。二十九岁，你通过科举取得功名，被派到一个小县城担任县令。官制复杂，从上到下共有十八个等级，县令是七品官。往下看，能看到的脑袋寥寥无几；往上看，上官们的屁股倒是数不胜数。上级的指示总是令人头疼，就连你手下的小吏，有时也不把你放在眼里。郁闷时，你无数次想甩手辞职，但也只是想想而已。

一旦辞职，父母供你念书的心血就白费了，街坊邻居会嘲笑你，父老乡亲的闲言碎语能把你淹死。在你生活的那个时代，辞官并非全是坏事，有时反而是升官发财的契机，但你还没有用这个"外挂"的资格。

现在你唯一能做的，就是熬资历、混时间。若是一辈子碌碌无为，最后退休也不过是个从六品的官员。你不甘心这样的结局，开始绞尽脑汁往上爬。

虽然县令官职不大，但如果认真对待，也是大有可为的。你记得当年读史书时，不少名人都是从小官做起，勤勤恳恳做出功绩后，被高层赏识，一路高升。虽然你目前只是个小县令，在朝中也没有什么人脉，但你还是打算在县令这个职位上干出点名堂来，为以后的升迁铺路。

到任后，地方的士绅和地主富户们纷纷前来结识讨好你。你对他们都客客气气，既不刻意疏远也不热情接待。这些人以为你是那种见钱眼开的人，于是开始往你的府邸里送礼送钱。看着屋子里堆满的礼盒，你大手一挥，命令手下将这些东西全都原路送回。实际上，你并不抵触这些礼物，因为这是地方重要人物的见面礼。然而，你清楚地知道，拿人手短，吃人嘴软。如果接下这些东西，今后你就避免不了与这些人同流合污。

之后，地方上的这些人察觉到你的性子，没有再试图讨好你。当年师兄教导你，在地方上从政如果想过得舒服一些，就得与这些地方上的关键人物搞好关系，以后下发命令、执行政策也容易一些。但你决心在这里当一个好官，所以坚决不与这群人有任何瓜葛。你再怎么说也是朝廷命官，如今是太平盛世，朝廷声威正旺，这群人可以不主动帮你减负，但政策下来哪个敢不执行呢？你最多也就是累点罢了。

你做好官的原因很简单，目前的知府大人是位公正清廉的好官，是一心想要做事的人，所以你必须在他那里留下好印象。

没过多久，你开始对县里进行整顿。首先是那些霸占民田、强买强卖的地主们，你下了通知，要求他们必须在一个月内退回非法霸占的民田。接着，你翻开了县里积累了十几年的诉状，一个一个查验核对。有冤假错案的，立即平反；有靠贿赂逃过一劫的，重新投入大牢。每天忙这些，你疲惫到了极点，但依然坚持事事亲力亲为，不允许出任何差错。你知道自己已经得罪了不少人，这群人只等着挑你的毛病，告到上司那里，设法把你调走。

做完这些不说,你还开始整顿吏治。手下的小吏们俸禄微薄,但他们还是愿意干这份差事,因为他们能在小民和官府之间游走,在灰色地带为自己谋利。但你靠着各种条例和要求,让他们不能再从普通老百姓手里榨取油水,这使得你在老百姓心中的形象更上一层楼。然而,这事也有两面性。小吏们拿不到油水就开始偷奸耍滑,各种出工不出力。但你没有就此妥协,对你来说,不过就是自己要干的活多了一些罢了。

之后,你还亲自主持了县里的水利灌溉项目,好让老百姓在旱灾时有些回转的余地。在你看来,这本应该是你执行的各项事务中阻力最小的,没想到却遭到了县里所有地主们的暗中阻挠。你一头雾水,认为县里主持修水利,地主们的田产也能跟着受益,你的师爷道破了其中的玄机:地主们不仅不希望修筑水利项目,甚至还盼望着这里时不时遭遇大旱。因为旱灾对这些家大业大的地主们来说不算什么,但一些农民遭殃后不得不贱卖土地。这样一来,一次旱灾过后,地主的产业反而能增加不少。

听明白其中缘由后,你勃然大怒。你虽出身富农家庭,但对普通农户们的生活也有些了解,没想到这些大地主们能黑心到这种地步。因此,不管县里的人再怎么阻挠,甚至有上层一些人的施压,都没能拦住你完成这项任务。三年之后,你在县里做了很多实事,老百姓的生活也有了很大改观,但你家里一贫如洗,没捞到任何油水不说,整个人也快要累垮了。但你的努力有了收获,地方上的老百姓对你赞誉有加,知府大人也将你视为心腹,经常与你互通书信。你的官场之路终于有了一条捷径可以走。

四十五岁时,你终于迎来了熬出头的机会——被提拔为枢密院承旨,官拜从五品,从地方官变成京官。四十五岁官拜从五品,看上去不是多么迅速地提升,但你知道这其中的艰辛与不易。你当年参加乡试虽然中了举人,但名次平平,很多与你名次相仿的人,到老也不过是在全国各地调来调去的县令。

到了这个职位，你终于有了利用辞职"外挂"的资格。以前你是个小芝麻官，辞官也无人理会。可现在你的官职有了分量，朝廷一般不会轻易让你辞官。只是辞官是个技术活，需要把握好尺度。

你做京官的第一道程序就是辞官，这个辞职方式叫"虚辞"。地方官升任京官之前，几乎都得走这个程序。接到任命后，你立刻提交辞呈，声称自己能力有限，怕干不好枢密院承旨的工作，有负圣恩，愿在原来的职位上继续效力。依照惯例，你需向朝廷提交三次辞呈，朝廷驳回三次。三次一过，表演结束，你便能正式上任。说白了，这个程序就是装样子，表示你淡泊名利。尽管大家都知道这是立牌坊，但牌坊得立起来，不然就会落下躁进的臭名。

你在枢密院承旨的位子上干了两年，这个岗位与之前在地方上的工作大不相同，不需要你费劲表现，只需做好文书工作，既无功也无过。任期一满，你按部就班升迁。这次朝廷给你安排的职务是步军都指挥使，官拜正五品。当时有重文轻武的习惯，士大夫不屑于做武官。你对这个任命不满意，于是第二次请辞。

当然，你不能说请辞的原因是瞧不上武官，而是得把自己说得高风亮节，称自己不懂将略兵机，重要的位置应该安排有能力的人。这种辞职方式叫"辞不就"。朝廷知道你打的什么算盘，但本朝有优待士大夫的传统。你不想当武官，朝廷也不强求，大不了给你换个工作岗位。

然而，新任命才下来一个多月，你就遇到了一桩倒霉事——朝廷派你出使敌国。敌国是虎狼之国，出使姿态不好把握。太过强硬容易激怒这群人，最后可能丢掉性命；若是软弱则容易背上有辱国体的骂名，回国后受千夫所指。

千里做官不可不图名利，你可不想拿自己的身家性命冒这么大的险。

一接到诏令你就请辞，说自己与敌国不共戴天，宁可回乡务农，也不会踏上敌国一步。这种辞职方式叫"辞不行"。当晚，你提交辞呈后，皇帝忽然召你入宫。这是你入京以来第一次单独面圣。入宫路上你很害怕，以为是辞呈激怒了皇帝，但入宫后你却看到皇帝脸上和颜悦色。

原来，出使敌国一直是个难题。朝廷每次派人出使，使者都用"辞不行"的方式打马虎眼，得折腾很久才能找到合适的人选。但这次情况特殊，敌国太后过生辰，没那么多时间折腾，使者必须尽快确定，尽快出发。谈话结尾，皇帝告诉你，差事办得好就重重有赏，要是你实在不想去，他也不强人所难，会连夜另找人选。

话说到这个分上，皇帝已经有几分求你的意思，你再执意请辞就是给脸不要脸。几经思量，你决定为了重赏豁出去拼一把。其实你不缺办大事的能力，只是经常缺乏办大事的动力。这一次出使，你不卑不亢，圆满完成任务。回国后，皇帝对你青眼有加，你直接跳级升迁，官拜正三品。几年后，又加官晋爵，官拜正二品。

然而福祸相依，此时的朝廷正发生激烈的皇储纷争。各路牛鬼蛇神明争暗斗，争先恐后地拉拢你。为了远离是非，你第四次提出辞职，理由是回家养病。这种辞职方式叫"疾辞"。有没有病你自己知道，病什么时候好也是你自己说了算。

三年后，立储之争落幕，你去吏部销假，重回朝堂。经过立储之争的冲击，此时的朝廷派系林立，人心涣散。皇帝正需要一个老好人弥缝补缺，他觉得你就是个不错的人选。因此，你一回朝就被任命为宰相，官拜正一品。

然而，你坐的位置太诱人，你刚把位子捂热就有人想把你赶下去。你确实是老好人，但不代表你好欺负，都是描着花脸唱戏的，谁还没两把刷子。遭到政敌攻击时，你第五次辞职，辞掉所有职务，宣布回乡养老。

不过你这招实际是以退为进。辞职前你提拔了很多人做后手，如果政敌上台，你提拔的那些人就全都是被清理的目标。为了保住自己的位子，他们会跟你的政敌死磕到底。

养老的生活富贵而清闲，你光是一个月的养老金，就够老百姓挣大半辈子。但没有权力的滋润，美酒佳肴再丰盛，丝竹管弦再动听，歌姬舞女再美艳，你也觉得生活缺点味道。好在赋闲的岁月只过了一年多，政敌就被赶走，你的党徒又请你回朝主持大局，职务依然是宰相。两年后，皇帝驾崩，太子继位。

然而，有道是一朝天子一朝臣，你知道自己的位子基本上保不住了，新君肯定会在宰相的位子上安排亲信。与其到时候被迫下台，不如顺水推舟，体面走人。于是不等新君开口，你就上疏自己年老体衰，占着相位是尸位素餐。这种辞职方式叫"自劾"。新君明白你的用意，装模作样挽留几次，就办了一个排场的践行宴会送你回乡。

你当了一辈子官，一直没心思琢磨兴国安邦，但怎么用辞职"外挂"为自己谋取名利，你倒是玩得得心应手。在史书里，你被描绘得冰清玉洁，三天两头闹辞职，仿佛你多么淡泊名利，做官多么受委屈。这种做法让很多人以为当时的朝廷多么黑暗，辞官的人多么高洁。古代确实有很多黑暗时代，但你们这些在仕隐之间反复横跳的人，恰恰是造成黑暗时代的帮凶。

明朝强力反腐,为何仍止不住贪官

明朝是历史上官员俸禄很低的时代,然而我们经常能看到有些官员虽有清廉之名,但实际上生活奢侈,三妻四妾,宝马香车。他们的俸禄如此低,却能养活那么多人,打点那么多关系,却依然有清廉的评价,这些钱到底是从哪里来的呢?

你是个书生，生活在明朝的湖广地区。你天资不错，读书也努力，十八岁考上秀才后却有些江郎才尽的意思，之后参加许多次科考也没什么进展。不知不觉，五十多年过去了，你家没成，业没立，学业一直停滞不前。在你生活的地方，你甚至因此有了名声。毕竟当年你可是人人知晓的小神童，十八岁考上秀才也算合格。然而之后你的表现令人大跌眼镜，竟然越考越倒退，如今不少先生教育学生都拿你做反面教材。

士绅们觉得你今后再也考不上举人了，所以懒得搭理你。而你从小读书，没有种庄稼的手艺，只能靠收几个学生勉强度日。尽管家徒四壁，你依旧没有放弃考取功名的念头，仍抽空读书，到了乡试时间，总会想办法凑足盘缠继续参加考试。

有一天你念书念到头晕眼花、双腿发麻，想吃口饭时才发现家里一粒米都没有了。在空荡荡的院子里晃荡了好久后，你才意识到家里真的是穷得一干二净了。其实你还是有些积蓄的，但前段日子你参加了一次乡试，把所有的钱都花在了这次考试上。

这次考试前你下定了决心，如果出榜那天你没中举，就拿绳子往屋里的大梁一悬，撒手走人。可惜刚上考场你就发现这次考试的题目并不合你的胃口，你写出来的东西甚至连自己都云里雾里。考完之后，你心灰意冷，打算直接上吊。结果绳子因为老化严重，在上吊时竟然断了，你摔了下来，捡回了一条命。摔下来后你大哭一场，最后决定好死不如赖活着，以后继续攒钱考试，哪怕是死也要死在考场上。毕竟考中举人的诱惑实在太大了，只要考上了，不管现在多倒霉，都可以翻身做官老爷。

可现在一文钱难倒英雄汉，再没米下锅，你用不着等考试，过几天就会直接饿死在家里。思来想去，你把目光投向家里的老母鸡。原本靠着它，一两天就能吃个鸡蛋补补身体，可如今这只老母鸡已经半个月没下蛋了。直接把它杀了吃你舍不得，只有把它换成钱买米才能撑得更久。

之前你就动过卖掉老母鸡的念头，但迟迟没有行动。你穷酸也就罢了，但读书读出个好面子的习惯。一个穷酸的老秀才实在活不下去捧着一只鸡去菜市场叫卖，这种场景你只是想想就尴尬得无地自容。可现在你已经彻底没有活路，只能豁出去了。

一路上你下定了决心，自己已经五十多岁了，还要什么脸面。而且卖掉这只鸡也只能再撑一段时间，之后就得去学生家里找他们的家长提前预支学费了。你刚到集市上，就感觉众人的目光全都集中在你身上，但你只能硬着头皮在那里叫卖。过了一会儿，鸡没卖出去，却有不少路人对你指指点点，虽然听不清楚他们在说什么，但你也知道他们在谈论你。

没过多久，你的邻居突然急匆匆地赶来找你，一见到你就拽着你往回走。你问他怎么回事，他激动地告诉你，你中举了。你一想到自己在考场上的表现，就觉得邻居在捉弄自己，所以坚决不肯跟他回去。最后实在是年老体衰，拗不过他，只能被他一路拖了回去。

回到家，你发现自家的门窗被砸得七零八落，原本就破旧的房子如今更是惨不忍睹。光天化日之下竟然有人强毁民宅，还有王法吗？还有法律吗？你一想到这些，怒火中烧，准备好好训斥这些人一番。

你正要训斥那帮人,一个公差忽然冲你而来。你以为他要打你,吓得两腿发软。可公差跑到你面前却说:"恭喜大老爷!贺喜大老爷!"说着就从袖子里掏出了一张叠得方方正正的黄纸。你哆哆嗦嗦地接过来展开一看,几乎高兴得原地飞升。

你竟然通过了几个月前举办的乡试,考上了举人。从你十八岁考上秀才,到五十五岁考上举人,这中间隔了三十七年。幸福来得如此突然,你一时间呆若木鸡,甚至怀疑自己精神出了问题。直到在大腿上掐出了印子,你才确认自己是真的考上了,不是在做梦。

于是当着所有人的面,你大喊一声:"砸,给我使劲砸!"你这是疯了吗?当然不是。那些人砸你门窗是当时的规矩,叫"改换门庭"。邻居们知道你中举后,都迫不及待地帮你砸坏门窗,想要沾一沾喜气。与此同时,小镇上所有的匠人正陆陆续续来你家,等着给你免费换新门窗。你让哪个匠人给你换,那可是对他的抬举。

就在匠人忙着为你换门窗时,十里八乡有头有脸的人也都带着贺礼纷纷赶来。北街的马掌柜昨天还说你是天生的贱命,今天却改口称你是三世注定的贵人。西街的钱员外之前还说你注定无后,今天却急切地想把女儿嫁给你。只是他那女儿长得着实不好评价,你实在没有接受的勇气,最终选择了王员外的女儿。

出了这么大的喜讯,县太爷自然也要登门道贺。一进你家院子,他就满面春风,拉着你的手一口一个贤弟,说他早就想来拜访,只是因公务繁忙未能如愿。可你分明记得,有一次你去衙门求他办事,他骂你是狗奴。

当地有头有脸的人争先恐后地跟你结交,平民百姓也挤破门槛来攀亲,有的人恨不得跟你攀到山顶洞时期。你在小镇上生活了五十多年,从来不知道有这么多亲戚。人们争相攀亲的目的只有一个,就是想把土地挂靠在你名下。因为你成了有身份的人，向朝廷承担徭役赋税也有优惠。他们把土地挂靠在你名下，也能沾光。当然，这个挂靠不是免费的，他们以后得给你交租交税，只是比交给朝廷的少一点。

这一切都合法吗？当然，全是合法的！这是你刚踏入仕途时，朝廷赐予你们这一阶层的特权。乡试过后几个月便是会试和殿试。老天似乎是为了弥补你前半生的坎坷，让你顺利通过了最后两关，被赐予进士出身。至此，你距离正式做官仅一步之遥，只需等待吏部下发委任状，安排职位。

官中金榜一贴，你落脚的客栈立即人山人海，锣鼓喧天。在京的湖广籍达官显贵纷纷携贺礼来客栈拜会你，共叙桑梓之情。虽然此时你尚无实权，但离做官已近在咫尺，收礼还需格外谨慎。

好在你的京城同乡见多识广，深知在天子脚下行事的分寸，送礼时绝口不提让你办事，你也不做任何承诺，彼此的默契尽在一句"大家以后常走动"里。

不久，吏部任命下来。为显摆一下衣锦还乡的荣耀，正式上任前，你特地回了一趟老家。当初你考上举人，庆功的仅是同县人。这次你已拥有正式官职，欢迎的场面自然更为隆重，方圆几百里的达官贵人纷纷前来拜访。

此时你的身份更上一层楼，收礼得更加讲究，无论如何不能沾上贪黩的臭名。《大明律》明确禁止贪污，但并未禁止官员出售物品。你有一个用了多年的砚台，恰巧你不知道那竟然是秦朝的古董，碰巧有个大富商识货，愿意花百两黄金买下。你有个腌咸菜的罐子，恰巧你不知道那竟然是汉朝的古董，巧了，有个员外识货，愿意花白银千两买下。你的字写得不错，但你不知道自己的字竟然有大书法家钟繇的风格，巧了，正好有个大官人识货，愿意一字千金求你的墨宝。你没有强求任何人买你的东西，他们是主动要买的，就算他们买错了，那也是他们自己不识货。

几天后，你把家业安排妥当，带着仆人走马上任。但在上任的路上，你舟车劳顿，感染风寒，一病不起，没进四川地界就魂归故里了。虽然你没有碰到真正的权力就死了，但官员该享受的隐性福利你都享受到了。比如考上举人后不过几个月，你的家产就迅速膨胀，有妻有妾，有房有车，有田有奴。你得到的一切，都是你的隐性福利。朝廷给你们的俸禄确实很低，但给的隐性福利却非常高。只要功名到手，多少人争相送上隐性福利。说句老实话，在明朝官场上，大家不都是靠隐性福利活着吗？谁靠那点可怜巴巴的俸禄过日子。

新手知县上岗指南

很多人受到影视剧影响，要么觉得知县是个不值一提的小官，要么以为当上知县就可以一手遮天，成为县里的"土皇帝"。但实际上，知县的生活与职责，远比外界想象的复杂。

你科举中第，名次不高不低，既无缘留在京城做京官，也不至于被发配到偏远的边地去当万年小主簿。最终，你被委派到一个经济条件不错的地方，担任知县一职。

当然，朝廷不会贸然让一位新科进士直接接掌一县之政。你仍需通过朝廷的基本考核，并接受一段时间的培训与引导，再结合你此前对地方行政的粗浅了解，总算对"知县"这一职位的职责与任务有了相对清晰的认识。

在京城待着的这段日子，你也没闲着。你到处走动，主动积累人脉。因为你明白，到时候去了地方上任，跟京城隔着十万八千里，若无在京的依靠与牵引，日后在官场只怕会两眼一抹黑。

在部院完成历练，通过相关考核后，吏部正式为你办理了文书和官印，让你去地方赴任。

抵达任上，完成与前任的文书交接后，你便正式成为此地的知县。许多人以为，新官上任的第一件事是走访权贵、勾结官商，或与地方士绅推杯换盏，稳固关系。但你心里清楚，真正要做的第一件事，是查账。

上一任知县已经拍屁股走人，账目若无亏空还好，要是查出县里乱账如麻，地方税务、人丁土地登记得一塌糊涂，冤案错案堆积成山，你可就吃不了兜着走了。毕竟上级核查时，没人会听你推脱说"这是前任留下的烂摊子"，出了事就是你的责任。

你连夜检点文书账册，所幸县里的账目和钱粮没有大的差错。但你也发现了一些猫腻：几家大户的田产，你从地图上推算少说也有几百亩，登记在册的却只有三十亩。同时，县衙的案卷中还藏着几桩明显的冤错之案，好在没有闹出人命。若你有心，完全可以借平反之名，为自己博得一份声望。

至于上一任知县，你对他的评价只有一句：庸人一个。

接下来的几天，你主要接见了县里的几位关键人物：县丞、主簿、县尉、教谕，以及胥吏中的头面人物。

除胥吏外，前几位都是有品级的朝廷正式官员。虽然你的官职比他们都高，前途也更远大，但你还是跟他们和和气气的。毕竟，他们拿的是朝廷俸禄，不是你私人的钱粮，许多事务必须公事公办。

县丞是你的副手，如果你既不想累死在案台，又不想因为疏忽误事，就必须跟这个县丞好好配合。你所管理的县是个大县，县丞的职责就是帮你分管户籍、税赋等繁杂事务。

主簿，品级略低于县丞，也是大县特设之职，主管日常政务与文书流转，确保政令通畅，免得你被困在公堂上不得脱身。

县尉主管武事，负责缉捕拿奸、抵御盗匪，掌管兵马与治安。现在是太平盛世，肯定没有什么大乱子，但万一遇到匪贼作乱、流寇过境，还得是县尉出手。日常县里出现了什么不好的苗头，比如哪个村里的老农聚众闹事，都得靠县尉带着招募的捕快和军士平定。真让你这个连弓都拉不开的人去管这些，恐怕连自保都成问题。

教谕负责县内的文化教育、学子考评等事务。你俩要是配合得好，绝对会有意想不到的收获。你所在的这个县文风不错，稍微有些产业的人家都会送孩子去读书，试着考考功名。和教谕搞好关系，他能为你指出有潜力的生员，你再扶持一二，日后若有人考中，你在官场上又多了一位朋友。

至于胥吏，虽不入流，这辈子也几乎不可能踏入仕途，但你绝对要小心对待。胥吏的开支并非由朝廷供养，而需县衙自筹。但是这笔钱绝对不能省。因为站堂、缉捕、催差、征粮、押送等琐碎辛苦之事，都要他们来干。若不给他们留足油水，他们绝不会卖命听令。由于你无法事事亲为，还得默认他们在接触百姓时有一定"自由空间"，能赚点"外快"。

和胥吏打交道，必须懂得"萝卜加大棒"。恩赏太多，他们尝到甜头，你的威严就被削弱，这些人敢背着你为非作歹，搞得整个县里都乌烟瘴气、民不聊生；惩戒太重，这些人吃不到甜头，虽不敢罢工，但是出工不出力，到时候事情的执行效果一塌糊涂，你也不会好过。

所以知县管理下级也是一门技术活儿，绝不是外人想的"靠几纸公文就能把县治好"。

而你和这个领头胥吏的谈话，核心就是亮明态度：你初来乍到，不是来混日子的，是要真做事的。

你心里明白，有的知县老爷上任后，只顾钻营人情世故，把县中事务一股脑扔给胥吏。这些胥吏掌握了权力，只需要每月按时"上贡"银两即可，至于县里的民治民生，只要不捅出什么大乱子，知县一律不过问。

这种知县，往往是靠捐纳得官，上任时年纪已大，家中也为此砸下重金。他们既急于捞钱补窟窿，又等不起慢慢熬资历、步步升迁，便放任胥吏操盘，自己只图安稳坐满一任。

你向胥吏们表明了态度：你还年轻，大有可为，志不在钱，而在更远的仕途。你要在这一任上做出实绩，才能换得未来的上升空间。

胥吏的领头人是人精中的人精。对上，做事滴水不漏让上司挑不出太多毛病；对下，能想方设法解决老百姓的问题，同时给自己落下不少好处。他很快领会了你的意思，当即表态会配合你全心全意地办事。

把人事关系处理好后，你便正式升堂办案。这一天，县衙大小人员都跟着梆子、云板等报时器具的节奏行事。

天还未亮，衙内便响起"当当当"的云板声。此音一停，厚重的衙门大门缓缓开启，早已在外等候多时的文书、公吏、衙役、贴身长随鱼贯而入，迅速各就各位。衙门门面的清扫、粮饷事务、人马调配、案卷整理，全都随之运转开来。昨日收到的公文、积压的案情也得立刻整理妥当，供你升堂前阅览，不得耽误半分。

太阳初升，云板和梆子再响，你这个知县老爷得将自己收拾妥当，准备升堂主持早堂。这是你一天最心累，也是最繁忙的时刻。

书吏提前收拾整理的公文，你必须第一时间批阅。因为这些不是县中日常营运的回文单据，就是上级下发的政令文件。一旦马虎，不是误了地方事务，就是贻误朝廷差遣。等文件签发完毕后，你还得听取书吏、衙役们的口头禀报或阅览书面呈文。若是写好了文书还好，听他们口头禀报，对你而言也是一大折磨。

这些衙役从小在本地长大，别说去京城，大多数人甚至一辈子都没出过县。不仅官话说不利索，还夹杂着你完全听不懂的本地方言和生僻词。稍不留神，你便一句也听不明白，甚至误解原意，错批了事，最后出了差错，你倒不好太过责怪他们。偏偏这些话你又不能不听。因为他们可能无意间透露出一些关键情况，若你自作聪明地蒙混过去，这些不懂规矩的下人哪天真捅出乱子来，到头来追责的还是你这个父母官。

熬完这些，你还得审问在押的嫌犯，务求还原案情，避免冤假错案，更防止被牵涉一些更大的案子里，而自己却不知情。

紧接着，你还得受理百姓们呈递的诉状，处理县衙内的事务。老百姓每日呈递上来的诉状也不少，你当然不可能事事亲自处理，多数都会交给县丞和主簿定夺。但有些案情一开始看上去只是普通的民事纠纷，但很有可能随着时间演变成让人掉脑袋的命案或者敏感到极点的重大案件。一个合格的知县绝对要对这些有足够的敏感性，不能任由这种案子发酵，必须在亮出任何苗头前将其处置。

就这样，熬过一上午后，早堂算是结束了，若是今日任务不多，你可以在吃完午饭后小憩一番。但若是今日事务繁重，那就由不得你了。饭碗还没搁稳，就得转身前往签押房，继续审阅文书，签署各种批示。如果今日收到的待审案件较多，那么你这美好的下午就会完全被淹没在当日待审案件的卷宗材料里。

这也是许多胥吏明知收入微薄，却仍愿意干这门行当的原因。因为不少知县顾不过来这么多事情，普通的案卷审理都会交由胥吏代为操办，也就给了他们"赚外快"的机会。

等忙完这一整天，到了晚上七点，县衙再次集合点名：书吏、衙役、掌管牢狱与钱粮的禁卒、轿夫、灯夫，以及雇来的民壮帮佣等，全数到场听点。点名完毕，衙门与官舍一并落锁，这才算真正结束了一天的政务。

可你若以为这样就能歇息，那就太天真了。夏收、秋收农忙之时，作为一方的父母官，你还得亲自带着衙役们去各村巡查。一方面是象征性慰问，另一方面则是实地察看收成。如果这一年收成不好，老百姓缺衣少食，你绝不能像往年那样根据朝廷摊派的指标强行征粮收税。若是完不成征粮指标，倒霉的绝不只是那些逾期未缴的百姓，连负责催征的衙役也难逃杖责。而你这个知县，作为全县赋税的最高负责人，一旦闹出民怨，激起骚乱，你的官帽子也得跟着丢掉。

这种时候，就得看你怎么扛了。要么据实上书，请求减赋；要么一声不吭，把这指标硬生生咽下去，再想法子从账目上绕一绕，糊弄过去，求个太平无事。

至于县里的乡绅和大户，即便你想一身清白地完成任期，也绝不可能对他们置之不理。首先，征税交粮，需要他们带头表率，哪怕只是装装样子；其次，县里财政并不总是宽裕，若是不想借高利贷，就只能找他们接济。衙门官道修缮，河坝维修封堵，这些事情都要找人出钱出力，跟这些人关系搞得太僵，最后只会让自己的路更难走。

除去县里的事务，你还得跟京城结识的朋友常通书信。虽然你远离权力中枢，但朝廷里发生的大小事情都很有可能与你息息相关。只有做到耳听六路、眼观八方，及时获取朝廷最新的动态，你才能处理好官场的各种人情世故。

事实上，随着社会发展，自唐宋至明清，知县肩负的职责日益繁重。至清代，哪怕是通过科举中第、受训上任之人，也难以独自胜任，因而催生出"幕友"一职，即俗称"师爷"。他们专管刑案、税务等专业性强的事务，一位得力的幕友年薪动辄几十至数百两白银，仍供不应求，可见清代县官之职，已非一人所能独力承担。

兵无强弱
强弱在将

/ 军事篇

Feast of Power

为什么古代私藏盔甲是重罪

在古代，私藏盔甲被视为十恶不赦的重罪，轻则人头落地，重则满门抄斩。那么，为什么持有刀具和弓箭不犯禁，而私藏盔甲的罪名却如此严重呢？即使有人想要造反，刀箭也足以起事，为什么朝廷对盔甲防范如此严密？不仅如此，盔甲可以用来自卫，而刀箭却是用来杀人的，为什么禁令反而是禁盔甲而非刀箭？

你是个山大王，带着二三十个兄弟祸害一方。但县令一直对你们睁一只眼闭一只眼，因为你们只是一伙小毛贼，灭了你们显不出功绩。县令打算等你们的势力大一点再消灭，到时候好向朝廷表功。

曾经你也是个老实的农民，有父母、兄弟和儿女。但因为当地地主的欺压，你的土地被吞并，妻女被强占，于是你一怒之下落草为寇。

你还记得起事的那天，地主不仅抢了你的妻女，还拿着之前强逼你画押的欠条向你索要院子。你原本是个胆小怕事的农民，但那天地主手下几个家丁的暴打，激起了你积压已久的怒火。趁着家丁们在院子里搜寻，你跑回屋里抄起菜刀。一个家丁发现你不对劲，跟在你的后面想要控制住你。打开屋门，眼睛通红的你抄起菜刀对着他的脑袋就是一击。

其他几个家丁注意到动静后，立刻围了过来，但看到你手里的菜刀时，互相对视了一眼，转身就逃。毕竟这群家丁仗着人多势众来欺负你，连棍棒都没带。看到你拿起刀具后，他们毫无准备，直接选择逃跑，把地主留在原地。实际上，他们几个人若是联合起来的话，受点伤也能把你制服。但这些家丁平时只会跟着地主胡作非为，欺负村子里的老实人，根本不想冒受伤的风险。

肥硕的地主落单后，没跑几步就绊倒在地。怒火中烧的你毫不手软，结果了他。杀掉他后，你丢掉了菜刀，看着地主的尸体，呆坐在院子里不知所措。等彻底冷静下来后，你开始思考：自己已经犯下两条人命，无论如何都难逃官府的惩罚，肯定会被判死刑。既然如此，你决定落草为寇，多逍遥一天算一天。

拿着家里仅剩的一点财物和刀具、锄头上山后，你开始了山贼生涯。没有了小农身份的压制，成为山贼的你反而越发精明能干和凶狠。不久，你就从一个被地主逼到走投无路的小农民，变成一个手下有二三十人的山大王。

这连绵的山峦里藏着大大小小的山贼，但由于地形崎岖，县令很快就放弃了攻打你们的念头，因为这其实是吃力不讨好的事情。要攻打你们，得集合十村八店的所有捕头和捕快，还得额外重赏这些人，他们才敢上山。如果能擒住你们还好，但若中了埋伏，死伤太多，县令反而无法向上级交代。

你也懂得枪打出头鸟的道理，没有壮大团伙的意思，觉得现在这样就挺好。因为朝廷忙着处理各种事情，顾不上管你们这群小山贼。若是真引起了朝廷的注意，官兵来了拉网上山，你们全都难逃一劫。唯一让你头疼的是周边几座山上盘踞的几股凶猛同行，总想吞并你。

毕竟你不能指望山贼之间有公约和联盟。这群人个个都干着刀口上讨生活的勾当，有跟你一样被逼无奈落草为寇的良民，但也有许多杀人如麻的地痞流氓。一不小心，他们就可能黑吃黑，在半路埋伏，抢走你们的钱财，然后继续快活几天。虽然你对此很头疼，但也不敢主动挑起事端。

在你看来，山贼其实也是一门生意。抢那些没有防备的平民，你们只需要晃一晃刀子，他们基本上就会束手就擒，这一单生意就算成了。若是跟其他山贼火并，就算你们赢了，自家这边也是死伤惨重，得不偿失，完全是取死之道。所以，虽然旁边那群山贼总是挑事，你却一直隐忍不发。

有一天，你带着兄弟们下山打劫。刚到半山腰，就看见山谷里有几个官兵护送着几十个民夫，推着几辆独轮车。其实这次打劫你不是瞎蒙的，而是得到内线情报的。为了获取这个消息，你掏了不少钱，从一个消息灵通、精通黑白两道事务的人那里得知，有几车贵重的物品将经过你们盘踞的山寨脚下。虽然具体是什么东西你也不清楚，但能被几名官兵护送，肯定是值不少钱的宝贝。

那支队伍走近后，你看到几辆用草席盖得严严实实的车，确实像是装着值钱的东西。你悄悄命令兄弟们开弓搭箭，先把那几个官兵射倒。然后一声呼哨，带着大家冲进山谷。民夫们一看你们如狼似虎的样子，早就吓得扔下独轮车四散逃跑了。

这些民夫的选择是对的，毕竟平民落到你们手里一般没有好下场。你们可不讲什么江湖道义，任何人只要落到你们手里肯定会被吃干抹净。若是本地人，问出他们家在哪里后，你们会派人去他们家索要赎金，并且限定期限，若到时他们交不出钱，你们就会立刻处置人质。至于那些外地人，榨干他们身上的钱财后，你的手下们会根据自己的兴趣爱好，用各种方式折磨他们，直到他们死去。虽然你对这些并不感兴趣，甚至心里有些反感，但平日里也不阻拦手下做这些丧尽天良的事情，毕竟你们只是一群山贼，根本没有什么纪律。

你们今天更在意的是车里的宝贝疙瘩，所以没有派人去追那些逃跑的民夫。你以为今天一定有大收获，兴冲冲地掀开草席，一看车里的东西，却大失所望。车上装着二十副盔甲，显然是某处官办铁匠铺交付给官军的物品。盔甲虽然贵重，一副就能换一头耕牛，但根本无法出手。若是抢到了金银珠宝，总有人愿意交换，但这种盔甲没人敢收。被查到持有盔甲可是死罪，若被搜出二十副盔甲，连累全家都不为过。

这些盔甲不能吃、不能喝、不能挡风遮雨,也不能驱寒保暖,每副都有三四十斤重。你们在深山老林里生活,穿上盔甲反而行动不便。留下吧,没用;扔了吧,又可惜。思来想去,你只好先让兄弟们把盔甲背上山,等以后劫一个铁匠上来看能不能把盔甲上的铁片打造成其他有用的东西。

当然,你还是给自己留了一副最中意的盔甲。虽然这东西派不上什么大用场,但总能当个装饰品吧。

一天深夜,你睡得正香,忽然外面传来了凌乱的脚步声。紧接着,一个放哨的小喽啰冲进山洞把你们吵醒了。你原本以为是官军上山搜捕,但听到手下的呼喊后,你吓得腿软,竟然是其他山贼来黑吃黑了。被官军逮住,顶多是斩首示众;可要是落在这群山贼手里,那就会被慢慢折磨死,痛苦程度更甚。

"不好了!不好了!白狼山的人杀过来了!"小喽啰这一喊,洞里的人全醒了。你到洞口一看,血一下就冲到了脑门上。白狼山的强盗有百八十号,正冲着山洞而来,眼看着就要把你们堵死在洞里。怎么办?今夜要死在这里了吗?你的手颤抖着,脑门上的汗唰唰直流。

忽然,你想到了盔甲。"穿甲!穿甲!"你像疯了一样喊着,命令兄弟们换上盔甲迎战。等到你们手忙脚乱地披挂好,一个悍匪已经冲进来了,一枪刺向你的胸口。

这个山洞不大,活动不开,你没有躲闪的空间。长枪刺来的瞬间,你觉得自己肯定完蛋了。脑子里闪过了前几天刚劫的新娘子,闪过了多年未见、不知生死的老父亲。

"砰!"枪尖刺到了盔甲上。世界好像静止了!你以为自己就要死了,可胸口只是像挨了一拳,并没有预期的那种被枪尖洞穿的痛感。

你愣住了，那个刺你的悍匪也愣住了，你的兄弟们同样愣住了。长枪刺中了你的胸口，但只是在盔甲上留下了一个白点。趁着对面的悍匪愣神时，你狠狠一刀砍在了他的脖子上。以前你见了白狼山的悍匪躲都来不及，但刚才那当胸一刺，你对他们的恐惧一扫而空。

现在你要把之前的窝囊气都发出来。"兄弟们，跟我冲，杀光他们！"随着这一声怒吼，你们跟敌人展开了激烈的夜战。白狼山悍匪本想趁夜偷袭，把你们赶尽杀绝。可他们偷鸡不成蚀把米，百八十号人被你们杀伤了一大半。眼看形势不妙，他们只得狼狈逃跑。

战斗结束后，你发现没穿盔甲的兄弟们几乎都死了，没死的也身受重伤。但穿盔甲的人都活了下来，受伤的也只是盔甲护不住的地方。以前你以为盔甲只是唬人的装饰品，三五刀就能砍散架。这一夜你才知道，这东西的防护力竟然如此强大。

发现盔甲的威力后，你带着兄弟们开始一个个扫灭周边的山头。一般土匪用的武器无非是菜刀、砍柴刀、粗制滥造的弓箭长枪。你们穿着坚固的盔甲与这样的匪帮对战，简直就是降维打击。用不着什么战术战略，只需穿好盔甲，直接猛攻，一路平推无阻。

短短几个月，你们就干掉了附近所有的同行，收编了五六百人，成了势力最大的匪帮。土匪常有，穿盔甲的土匪却闻所未闻。你把动静搞得这么大，很快引起了县令的注意。县里的驻防兵力不多，共三百多号人。为了壮大声势，地方官把民兵也拉出来，凑了三千多人。

他们分出一千多人把守所有下山的通道，剩下的人兵分几路，从四面八方向山头压来，摆明了要把你们一网打尽。

看到那么多官兵，你吓得几乎要尿裤子。但当你发现官兵中没有一个人穿盔甲时，你觉得事情有点不对。为什么这么多官兵，竟然没有一个穿甲的呢？

你百思不得其解。但你知道自己的处境并非完全绝望。在求生欲的驱使下，你命令得力干将穿上盔甲，亲自带着他们冲锋陷阵，并命令剩下的人跟在侧翼补刀。

在闹哄哄的山上，你和你的干将就像二十辆坚固的装甲车，一交手就杀得官兵阵脚大乱。虽然官兵人多，但民兵基本上是凑热闹的。一看正规军被杀得落花流水，他们在旁边喊几嗓子就逃跑了。你们几乎没有遇到像样的抵抗，就冲破了敌人的包围。

之后，县令多次追剿你们，但次次一无所获。他真后悔没早点把你们剿灭，但现在说什么都晚了。灭不了你们本就让县令头疼，更让他头疼的是，之前就有很多老百姓对县衙不满，只是没人带头，大家只能忍着。如今你大杀四方，老百姓有样学样，不是来投靠你，就是揭竿而起，自立山头。一时间，民匪一家，动乱此起彼伏。你招兵买马，在内应的配合下一举攻占县城。县令仓皇出逃，向郡里的刺史求援。不久，郡兵赶到，把你们包围在县城里，围而不攻，想困死你们。

郡兵来了两万多人，但让你惊讶的是，其中只有百八十个甲兵。你知道，粮草有限，这样被围下去肯定会被耗死。为了求生，你好几次率领手下突围。可你的兵力没有郡兵多，甲兵也没有郡兵多，每次突围都杀不出去。

在激烈的战斗中，你的盔甲有的被抢走，有的被砍得散了架，只有四副还能勉强使用。为了修补盔甲，你把全县的工匠集中起来，命令他们起高炉、烧木炭、硝牛皮、炼甲片。

可耗尽一个县城的物资，只做出了十三副盔甲。这时你终于明白，为什么县令之前不出动甲兵，郡兵里为什么只有百八十个甲兵。盔甲制造太昂贵，做工太复杂。兵力少，盔甲也没有敌人的多。你觉得自己快要撑不下去了，前途一片绝望。

然而，有一天早上，当太阳升起时，你发现敌人的营地空空荡荡，所有人都不见了。你以为这是敌人的疑兵之计，便先派探子出城打探消息。

不久，探子回报，说几个王爷为了争夺皇位内讧，朝廷把郡兵都调回京城平乱了。一年多后，王爷们的内讧愈演愈烈，越来越多的地方军被朝廷征调。你趁机攻城略地，势力迅速膨胀。五六年后，在内乱中奄奄一息的朝廷迁到江东避难。你在乱世中逐鹿中原，竟然得到了几座城池，成为一方霸主。

维持统治需要各种典章律令。你是个粗人，一天书也没念过，不懂那些费墨水的事。但当儒生们制定禁武令时，你特意叮嘱他们："盔甲必须禁，不但得禁，还得禁绝。敢私藏盔甲的，一律处死；敢制作盔甲的，罪同谋反、株连九族。"儒生又问你："菜刀、柴刀、弓箭用不用禁？"你一听这话，破口大骂："猪脑子，简单的武器家家户户离不开，你禁它们是想逼得家家户户造反吗？"

士兵杀敌，为何还要取下敌人首级带走

　　在古代，军功是将军晋爵、士兵受赏的重要途径。而在考核军功的诸多方法中，按斩获敌方首级的数量计算功劳是最常见的。士兵不仅要杀人，还要将敌人的首级砍下来带走，这就是古代血腥而残酷的军功制度。任何制度都有其优缺点，今天我们就走进古代军功制度，看看它对士兵会产生怎样的影响。

你是个普通士兵，本来在家种地，后因朝廷征兵入伍。你过惯了贫穷的生活，比起上阵杀敌的恐惧，你更期待通过打仗杀敌获取军功。只要积累的军功够多，就有靠军功升官发财的机会！就像上阵前要把刀刃磨锋利一样，你仔细研究了计算军功的方式。最先考虑的是斩将和夺旗，即做第一个杀敌方将领或夺取对方军旗的人。但这难度实在太大，你虽然是个强壮的汉子，但武力有限，估计还没冲到敌方将领面前，就已经被砍成两半了。

军中的前辈笑嘻嘻地告诉你，如果被调去打前锋，下次攻城战时，做第一个登上城墙的人，指不定就一朝得道升天了。那时你什么都不懂，非常高兴地记下了这个方法。直到某次攻城战，你在后方大营远远看见那些进攻城墙的士兵。他们刚把梯子搭到墙边，准备往上爬，城墙上的敌人猛烈反击。他们往下推巨大的石块，淋火油，然后丢下火把。你看着那些冲锋的士兵，有的被砸烂脑袋，脑浆四散，惨叫着从梯子上摔下来；有的变成火人，发出痛苦的号叫，滚落在地，身上的火怎么也灭不掉，最后被烧死。

那些侥幸登上城墙的士兵也没能得逞，被严阵以待的守军用长矛扎死。无数士兵在城墙边被消灭，侥幸登上城墙的人又被杀死，尸体被丢到城墙下。有些士兵看到守城方的顽强抵抗，直接放弃了立功的想法，试图撤退，却被后方军官督战，只能转头返回战场。在城墙根下堆积了小山一样多的尸体后，你们这边的士兵终于在城墙上稳住阵脚，开始与守军肉搏。那肉搏的场面又是如此惨烈，牺牲者无数。

在城墙上作战不像平原，双方都是死局，没有任何退路。城墙狭窄，无法展开队形，所以战斗方式原始，几乎是一对一搏斗。这种狭小的战场没有任何回旋余地，一个失误就会被对方砍倒在地，而己方也无法抢救伤员，只能眼睁睁看着队友被砍死。你们这边为了速度，许多士兵是轻装上阵，所以在城墙上的战斗打得很艰难。最终，你们以几乎百倍的伤亡代价夺下城头。而那个所谓拿下先登军功的士兵早已伤痕累累，站都站不起来了。

你在后方看得满头冷汗，觉得自己再英勇冲锋，也挺不到活下来换取先登军功的时候，于是果断放弃了这个想法。

接着你把目光转向了最常见的办法——按人头记军功。然而，这种计算方法不停在变化，有的年份砍几个人头就能晋升一级，有的年份则需要累计几十甚至上百个人头才行。仔细想想真是瘆人，每个人头都是一条人命啊！但你看你的战友们，每次出战前都跃跃欲试，眼中闪烁着对建功立业的渴求。你不免被感染得血气上涌，握刀的手也不再发抖。

战鼓声咚咚作响，全军列阵，上阵杀敌！战场如同一台无情的绞肉机，残酷地收割着战士们的生命。你背着一个袋子，这袋子是专门用来装人头的。敌人冲到你面前，你害怕地举起长刀乱砍，直到那个朝你举刀的敌人终于倒下，兴奋和激动代替了内心的恐惧。你学着其他人的样子，蹲下身朝地上的尸首挥刀，一刀刀砍在尸首的脖子上。可砍人头并不像切白菜，里面还连着骨头，哪有那么容易。

你一边惦记着没砍下的人头，一边还要抵挡敌人的进攻，十分艰难。可没有人头，你拿什么去领军功？军令明确规定，战斗进行时严禁割人头，一经发现就是斩首的罪。这个命令的本意是好的，既顾全战局又保证士兵能够安心作战，战斗结束后统一收割记军功。但事实上，这个惩罚看上去很恐怖，却没多少人当回事。愿意打头阵的士兵哪个不是九死一生，好不容易杀了敌兵，人头却被后面的人偷偷抢走了，自己拼命打了半天就白干了。

所以只要不是军纪特别严格的军队，士兵们都是边杀边收割。一些人互相熟悉后，会互相配合，合作战斗，最后人头平分。真要严格执行这个军令，恐怕战场上全都是无头尸体在打仗了。

而你初来乍到，还没有值得信任的人，只能独自作战。杀红了眼后，你挥起长刀，将趁机攻击你的敌人纷纷砍倒。一战下来，你只拿到一个人头，割第二个时却听见了鸣金收兵的指令。你疯狂地乱砍，弄得自己满身是血，仍未在全军整合撤退前砍完。尽管多拿一个人头能多积攒些军功，但鸣金之后不撤退肯定会被抓回去问罪。行伍里有自己的潜规则，有些东西执行起来很宽松，有些则极为严格。例如，鸣金收兵看似是个小命令，却代表着将领对部队的基本掌控力。如果连前进后退的命令都无法及时执行，这支部队就完全没有战斗力可言。所以遇到鸣金后仍不撤退的士兵，将领肯定会抓起来问罪，以儆效尤。

尽管舍不得，你也只能迅速起身撤退。你的情况还算好，有不少士兵虽英勇杀敌，却一个人头都没拿到。好一点的都是老兵，有些靠着互相合作，袋子里已装了两三个人头。回营后，你们提着人头去登记。在战场上没觉得有什么，这会儿把人头提在手里了，才觉得恶心反胃。你没忍住，找个地方蹲着呕吐起来。一位好心的前辈来安慰你，说每个人都是这样，习惯了就好。你认出他，他今天带了三个人头回来。趁着难得的休息时间，你们坐下来聊天。他说看见你白天割人头的样子，竟比着手势教你，从哪里下刀，什么角度切割会更快。你后知后觉地感到一丝荒谬，仿佛身处地狱。你从前在家，只和人讨论过怎样割庄稼快，如今却在这里讨论怎样割人头。最后你对他道谢，他拍了拍你的肩膀就走了。你不清楚这个看上去喜欢偷奸耍滑的老兵为什么突然对自己这么好，想了一会儿没有结果，就倒头睡去。

之后的几天你不断做噩梦，有时梦到自己成了无头士兵，到处寻找被敌人割走的头颅；有时梦到自己割下的人头复活，朝着你哭喊，搅得你整晚睡不好觉。

下一次出战很快到来，你燃起满腔热血向前冲杀。每次撂倒敌人后，你顾不得自己身上的伤口，在杀敌的间隙找机会割人头。余光中，你看见前几日教你的前辈跟在你的附近，朝着你杀死的敌人的尸体上迅速挥刀。

你很气愤，这人怎么能这样？这是你的军功，他竟然恬不知耻地跟你明抢。可惜战场凶险，你来不及和他争辩，只能继续迎敌。这一战打了很久，终于击退敌人收兵时，所有人都疲惫不堪。被夺回的城镇一片死寂，街边躺着数不清的无头尸体，有些竟然穿着平民的衣服。你看见地上一片褐红，又看见有士兵手里的刀还滴着鲜血。你不禁联想到：那士兵手里的人头，该不会是平民吧？你头脑里冒出这个疯狂的想法，迫不及待地想上前去寻求真相。

可那个前辈走过来一把拉住你，仿佛知道你在想什么，低声对你说道："看见了就当没看见。那些不是良民，不是敌军的奸细就是反贼。"你突然明白了一个恐怖的事实：真相已不再重要。而且这种事情，肯定不是第一次出现了。可是谁也没有办法，敌军改变了进攻模式，从正面硬碰硬变成了游击骚扰，每一战能留下的尸首越来越少，没有人头怎么去记军功呢？

军中有些老兵年纪大了，从军多年仍未攒下足以升官的军功，就会私下里向别人出售人头换成银子，卖给想要增加人头数升官的其他士兵。人头竟然变成了商品。之后你为了累积军功，也掏出攒下来的钱买过一次。你都没有意识到，自己已经被这种畸形的军功制度同化了。每次出战，你满脑子都在想今天要拿几个人头凯旋，但殊不知自己也是一个人头。

终于有一次你手里的盾牌没有及时挡住敌人的刀锋，直接被敌方骑兵砍倒在地。原本还有一丝格挡机会的你此时却做出了一个下意识的动作，紧握自己装着人头的袋子，免得它落入别人之手。就是这一瞬间的犹豫，敌人的马蹄踏碎了你的胸膛，马上敌人的长刀落下，你的视线天旋地转，首级和身体已经一分为二。你的头被那个敌人用长枪挑起，残留的视线里，是你方的士兵一哄而上，抢走了你看重了那么久的袋子里的人头。

古代将军重兵在握，为何轻易自杀

为什么历史上那么多将军会因为一封信或一杯毒酒而自尽？他们手握重兵，为什么却无法反击？将军手中的权力究竟有多大，又是如何被皇权所瓦解的？前来传达皇帝旨意的使者，又是如何行使自己手中的权力的？

你年轻时是一名武官，起点不高不低，靠着武艺和谋略在尸山血海中拼杀出来。几次与外族的战斗中屡立奇功，声望达到巅峰。就在很多人以为你会更进一步、封狼居胥时，你却出人意料地选择告退，彻底交出军权，远离军队。你向皇帝陈述的理由是，虽然你依旧渴望"报君黄金台上意，提携玉龙为君死"，但你的身体已经撑不住了，现在只想衣锦还乡，安度晚年。

离开军队后，你没有立即返回老家，而是知趣地在京城，也就是皇帝眼皮子底下安顿下来，同时儿女们全都与皇室结亲。如此一来，虽然你没有实权，但皇帝对你的封赏越来越高，还在兵部给你安排了个虚职，每天陪侍在皇帝左右，协助处理边疆事务。你只需做个花瓶，象征皇帝对武官集团的恩宠与信任。你过得越好，越受皇帝恩宠，传递给外界的信息也就越明显：只要各位将军老老实实、恪守本分，皇帝就不会拿他们怎样。

但是最近发生的一件事却把你推到了风口浪尖。边镇的一个将军，这几年同样战功累累，但他和他的家族卷入了一个极度敏感的案件。再加上他不像你一样会低调做人，凭着军功骄横跋扈，皇帝决定将他和他的家族彻底连根拔起。

如今谣言四起，这个将军对朝中的动向肯定早有耳闻。若直接召他回京，大家都担心他会演一出"进京勤王"的戏码。于是，这个任务落在了原本看戏的你身上。深夜，皇帝单独召你入宫密谈。寒暄几句后，皇帝直言不讳，委派你作为天子使者，给你一把宝剑和圣旨，让你去边镇除掉那个不听话的将军，同时接管他的军队。

听到这个命令，你汗毛倒竖、惊惧异常。现在这个将军基本上已经与朝廷半翻脸，哪怕你什么都不做，过去都有可能被杀。更何况现在凭着一纸文书去夺权，那简直是羊入虎口。况且你现在已经封爵称侯，早没有当年那建功立业的壮志雄心。现在的生活对你来说，已经足够好了。

你心里腹诽无数，觉得皇帝这个糟老头子真是坏得很，这简直就是空手套白狼。如果你成功将那个将军拿下，皆大欢喜；若你夺权失败死在军中，朝廷就不用再犹豫，可以直接宣布这个将军公然叛乱，皇帝便有理由派军队前去剿灭。

看着皇帝一脸期待的样子，你心里有些踌躇。思来想去，你还是决定再拼一把。因为这个任务你确实是最佳人选，这些年你在边镇打打杀杀闯混出来，边镇那些人包括那个可能叛变的将军都跟你是熟人，大概率不会对你下手。而且你在边镇也相当有威望，如果想要不动用重兵解决这次动乱，由你上场最靠谱。若真要打起来，整个边镇杀得血流成河，那国家恐怕就要转盛为衰了。为了江山，为了老百姓，你决定搏一把。

接下圣旨后，因为情况特殊，你带着几名皇帝指派的武士和自己最信任的手下连夜上路。路上你虽然对如何在大营夺权有了些眉目，但心里还是忐忑万分。那个将军广受手下士兵爱戴，你但凡走错一步，就可能被将军反杀。即使事情顺利，你除掉了将军，但要是没能安顿好军队，也可能引发哗变，同样是死无葬身之地。不过，如果事成，你的好处也不少。现在的爵位和封赏虽然都很高，但只限定你一人；若事成，爵位便可世袭。

这可是本朝开国功臣从尸山血海里打下来的待遇，你现在只需搏一次命，就可以让子孙后代永受庇荫。

一路上你并没有刻意隐瞒行踪，反而有意无意地透露自己是代表天子前去犒劳大军。当然，你还是告诉了几个亲信此行的真实目的，毕竟到了边镇，计划得靠他们鼎力配合才能完成。大多数人认为此去是羊入虎口，都做好了身死乱军的准备。你强行挤出镇定的表情，告诉他们只要听从你的命令，事成之后，全都大有赏赐。你深得人心，许诺的封赏也极高，所以一路上他们虽然个个吓得魂不守舍，但所幸没有一个人逃跑。

快到边镇时，那将军自然提前得知了你要来的消息，早早带人在边镇之外迎接。这个将军显然不安好心，明明只是迎接仪式，却派了乌压压的一大群士兵前来，个个带刀带甲，还有人鸣鼓助阵，搞得好像不是迎接，而是要对你们发起冲锋。看着这阵势，不但你的手下面带惧色，就连身下的马匹也烦躁不安。

然而，你却看出了这将军是在虚张声势，想给你一个下马威。若他真想杀你，直接在路上派一小队骑兵埋伏就好了，何必在这里搞出这么大的阵仗？

所以你毫无畏惧，命令手下打出了代表皇帝的信幡和仪仗。果然，皇家的仪仗一出，即使隔着近一里地，你也感觉到对面的气势突然减弱了很多。没多久，将军便主动带着小队人马前来迎接。到达后，个个按照礼仪下跪，等待你的平身命令。毕竟你是天子使者，根据礼仪规定，看到你就如同看到天子，哪怕将军在外重兵在握，也不敢例外。

现在你对这个将军的心理活动已经摸得很清楚了。他大概知道你的使命，但还是怀有侥幸心理，所以不敢率先撕破脸。紧接着一阵客套和寒暄后，你扶起跪在地上的他，拍着他的后背告诉他，皇帝知道他为流言所困，所以特意派你前来慰问安抚，好让他继续专心守卫边疆。

说完此话后，看着他惊恐、疑惑但又透露出些许欣慰的表情，你心里越发有底。看来这将军也是色厉内荏，至少现在没有勇气直接叛乱。毕竟叛乱不是闹着玩的。虽然他深得人心，有大量实权军官支持他作乱，边镇士兵也个个都是以一当十的好汉，但叛乱意味着一旦起事，自己的家人会立马被杀掉；意味着叛军必须打赢一波又一波前来平叛的军队；意味着他们要在进军京城的路上忍受不断的袭扰和朝廷的坚壁清野，所以历朝历代从边镇叛变到登临大宝者少之又少。这个将军不傻，所以他还在犹豫。

只要你执行好计划，那么夺权还是有可能的。就这样，接下来的几天，你并没有什么大动作，没有查粮饷来故意刁难将军，也没有监督作战。反而每天坐在帐中安排舞女、美食，与将军和他的手下一起饮酒作乐，每次酒酣之时，你都会拿出金银珠宝向众人散布。即便如此，将军依然没有放下戒心。每次你单独召见他手下的实权校尉，总会有将军的亲信跟随，监督你们的谈话。

快要离别时，将军还来试探你。你在半醉半醒之间，打了个酒嗝，搂着舞女的腰肢说道："老夫已然高寿，只求安享荣华富贵，不问世事。"你的手下这几日也是日日买醉，毫无行伍纪律。将军复盘了你和你手下这几日的行踪，虽未放松监管，但心里确实有了些许松懈。

临行前夜，你又主动设宴，邀请将军和他的手下来参加饯行宴。入夜，中军帐内依旧是美人琵琶舞，壮士宵饮醉。喝到尽兴时，你甚至把将军拉到一旁，主动提起禁忌话题。你告诉他自己早已听闻外界流言，但保证若将军被皇帝治罪，为了武官集体的利益，你会保下他，不让皇帝随便对武将下手。当然，前提是将军不要做任何出格的事。

听了你半醉半醒、推心置腹的话语，将军满脸诚惶诚恐。他终究也是人，紧绷了十几日，得到你的保证后，终于松了一口气，开始畅饮。夜深时，几乎所有人都酣然大醉，横七竖八地倒在帐中。

等所有外人被搀扶离开后，你和亲信们全都一改作态，整肃精神。确认外面没有眼线盯梢后，你正襟危坐，命令手下依次传唤各营的中层校尉。这些人没有资格参加酒宴，自然也全都没醉，要么在梦乡，要么在监督宵禁。

这些校尉以为你要发赏赐，陆续进到营帐后，发现你手持圣旨宝剑，身边武士杀气腾腾。这一次你直接摆明态度：将军私结朝臣、里通外敌、蓄意谋反，皇帝已下旨将其夷灭九族，斩首弃市。凡与将军有染者同样杀无赦。今天这些小校尉们要么被砍头，要么听命斩杀各总兵，日后飞黄腾达。虽然他们从未见过皇帝的圣旨长什么样子，但看到你手中的黄帛，早已颤抖不已。一些曾有小心思的人突然意识到自己是在玩火。他们第一次明白皇权的分量。不用皇帝亲临，在四海之内，大多数人看到这薄得可笑的黄帛，就会听从皇命来讨伐自己。现在反水还来得及。

不出意外，大多数校尉想都没想就跪下听命。接着，你的亲信们将将军的两个铁杆总兵捉了进来。你一声令下，这些及时跳船的校尉们便拿刀将两个总兵捅杀。

带着这些交了投名状的校尉们，你走出了营帐开始部署命令。边镇的月光打在每个校尉的红色头巾上，塞外的冷风将每人的嘴唇冻得青紫，呜咽的呼啸声注定了这是一个不安的夜晚。披铠持剑的你看着这一幕，突然想起几十年前自己也曾这样整装待发。而现在鬓须发白，连上马都需要人搀扶。

但顾不得感叹这些，你立即发布新的命令：逮捕其他总兵到自己的营帐，挨个问话。

这些睡眼蒙眬的总兵被绑到你的营中，看到你和两个已经倒地的总兵，酒一下子醒了。这些人虽然都拥护将军，甚至有些人公开表示过若将军造反必定跟随起事，但看到手下全被你掌控后，也知道自己已别无选择。

汇集好这些人手，挑出了几个你觉得有反骨的总兵继续处死后，事态进一步发展。这时不少士兵听到了动静，探头探脑打听消息。你又发布了一道新的命令：宵禁等级升到最高，即刻起所有军士不得走出自己的军帐，违令者当场斩杀。同时，军中粮草司也不准早起埋锅做饭，全都待命。

虽然外面已有些动静，但将军的营帐在中军之中，为了隔音铺上了最厚的毡布，信息都靠外界传输，所以中军反而收不到任何信息。校尉们全被派去维持各个军营纪律，总兵们都被你留在营中静候天亮。一阵嘈杂后，整个军营又恢复了寂静。

初晨，将军醒来，按例前往你的营帐为你送行。军营今天异常安静，但他却没有察觉到任何异样。

掀开大帐，看到隶属于自己的总兵们早已集合好，将军越发有了安全感。但随着你的一声喝令，所有幻象瞬间破碎。两个武士立刻将将军架住，你紧接着宣读皇帝的旨意，露出真实面目：将军将接受皇帝的赐死。念完后，将军双腿发软，环顾四周，但没有任何应援。他其实还有几十个绝命死士由儿子带领，随时准备为他战死。只要能活着走出营帐，凭着威望，仍能召起几部士兵为自己而战。即使打不过这些人，他还可以逃往草原，投奔昔日的敌人。然而此刻，他发现自己手握精兵、用兵如神的自信不再，与其他普通人一样脆弱，毒酒和白绫已送到眼前。此时此地，按照程序，他立刻就要死，毫无商量的余地。

迟疑了十几秒，将军仍未决定是反抗还是认罪，可能是大脑一片空白。但你根本等不得他了，既然他这么不体面，你只能帮他体面了。一个眼神示意下去，拿着白绫的士兵上前绞住将军的脖子，紧接着另一人上前，用力朝反方向拉。这一刺激，将军终于回过神来，双手双脚胡乱挥舞，嘴里发出窒息前特有的咳哮。两个士兵更加用力将白绫拉到极致，加快将军的死亡进程。没想到，将军突然在胡乱摸索中拔出佩刀，拼尽全力挥舞，惊得两个执行的士兵突然散开。你实在看不下这场闹剧，直接拔出皇帝赐予的宝剑，径直走到垂死挣扎的将军身边。他刚刚挣脱白绫的绞压，大口喘气，手中的刀漫无目的地挥舞。你看准时机，先是一剑将他手中的刀打掉，紧接着迅捷地直刺，将剑从他后背贯入，穿出胸膛。原本还在喘息的将军直挺挺地倒在地上，这时其他人才蜂拥而上，将将军彻底解决。

功高震主的一代将军窝囊地死在了爱戴他的士兵们手里，死在了他为之奋斗了大半辈子的边镇。

但这场夺权行动还未结束。现在只是除掉了将军，如何让这支突然丢掉统帅的军队平稳地掌握在你手里，还是一个挑战。一些人可能会惧怕你继续清算，或带着部分士兵夜晚投奔敌军，或煽动叛乱。所以除掉将军后，你并没有如释重负，而是开始清洗。

首先是那些曾跟将军走得太近的人，你一个都没有放过，挨个讯问。发现牵涉过深的直接杀掉，其他人则继续留在原位。对于手下士兵们，你当然不敢随便动。你知道这群大头兵们本质上是谁给饭就跟谁混。如果传出风声你要对他们动手，这群人为了自保，反而会二话不说操起家伙弄死你。所以你只是打乱他们原来的编制，重新编队后，再也没做什么。戒严的几天，你在军营内清洗掉一些人，封赏另一批人后，曾呼风唤雨的将军连同他的家族被彻底消灭，没有翻起一丝波澜。

皇权社会的运行，其实要比大多数人想象的稳固得多。很多挑战者以为自己要对抗的只是皇帝和几支忠于他的军队，但实际上他们要面对的是基于皇帝至高无上权力主宰的本质而构建起来的社会运行逻辑，以及王土之下持有这种观念的所有人。这也是历朝历代外部反抗皇权极其艰难的原因。

安史之乱为何不可避免

很多人都知道安史之乱发生在开元盛世后不久,这场动乱不仅终结了大唐的繁华,还将整个中原拖入混乱之中。为什么安史之乱能够持续八年?为什么叛军放着五谷丰登、莺歌燕舞的大唐盛世不过,非要发动叛乱呢?

你出生在开元盛世。所谓的盛世，在你印象里，无非是这几年各地没有出现大的灾荒和战事，百姓不会无端被乱兵劫匪杀死，这就是盛世了。可你们的日子依旧艰辛。河北自古兵强马壮，却年年出兵出粮、听命于朝。小麦一到收割季，就被征调送往京师换取功绩，你们常常颗粒无收，只能吃些野菜杂粮。盐贵、税重、役繁，却没人替你们说话。

有些人被逼得没办法了，田产没了，儿女妻子也被卖掉了，最后只能去军镇当兵混口饭吃。大多数人还勉强有口饭吃，自然不会去考虑当兵，毕竟你们这里是范阳镇，当兵意味着真的要上马去塞外与敌人作战。但几年后，这种苦日子也过不下去了。一个从长安来的官员拿着诏书，说了一大堆你们听不懂的官话，然后你们的地就成了他们的了。

看着那个肥头大耳的官爷拿着你们完全看不懂的文书，把你们的土地没收了，你们当然不服气。可他身边还跟着几个甲兵，说明这些人真的是官军，所以谁也不敢吭声。地里的麦子再过些时日就要成熟了，原本再熬几天就能迎来丰收，但现在你们辛苦了一年的成果就这样被人夺走。可是，你们能有什么办法？俗话说"民不与官斗"，若再敢跟这位官爷多说几句，他手下的甲兵恐怕会直接把你们剁了喂狗。

可是你们家里已经没有粮食了，这收成的最后几天都是饿着肚子苦熬过来的。如今田地也没了，过几天就要饿死了。实在没办法，你走过去狠狠地给官爷磕了几个头，再奉承了几句话后，他才勉强允许你们在地里割几茬麦子做口粮。你们几个人得了准许，赶紧拿了镰刀割麦子。没几下，官爷就不耐烦地催促你们滚蛋，好像已经给了你们天大的恩情一般。

回到家后，你和父母看着那捆小麦，谁也没出声。这些粮食也就能管几天饱，吃完之后呢？吃完这些东西，你们只能卖掉房子，出去乞讨为生。等到冬天到来时，恐怕只能裹个草席像狗一样死在路边的林子里。

就在这时，同样被抢了田地的邻居却带着略带欣喜的神色走进你家。原来，节度使大人安禄山因为边事紧张，正在大肆招兵买马。他们放低了标准，不管你家里有没有良田，也不管你之前有没有不良记录，只要来了范阳镇，就是范阳兵。听到这个消息后，你也心动了。你知道加入范阳军不是像其他军队一样只是混口饭吃，而是真的要去打仗。可如今不搏一把，全家就要饿死在这个冬天了。

看着已经体衰的父母和不能理事的弟弟妹妹们，你咬紧牙关，拿着户牌请村长给自己开了个路引，然后跟邻居一起去投靠范阳军。到了军镇，果然像邻居说的那样，现在范阳镇收兵一点也不挑。原本像你这样细胳膊细腿的瘦柴只能当喂养牲口的壮丁，如今也被编到前线打仗的行伍里。

到了军营，你才发现除了少数职业军士外，大多是和你一样丢了田产、过来讨口饭吃的老百姓，甚至很多是十里八乡的熟人，所以大家见了面一点也不生分。到了军镇，你小心翼翼地遵守军镇的规矩：什么时候能出营，什么时候得宵禁，什么时候可以大小解，这些规矩慢慢都熟悉习惯了。虽然军镇的生活确实不如外面自在，但这里不仅有口饭吃，而且还定期发饷，所以家里人也因此得活。

但世上没有白吃的午餐，要吃这口饭，就得为范阳军卖命。你还记得第一次真刀真枪的战斗。你们一支百人队原本是要行军赶往一个敌人的聚居处驻守，因为听到风声说这一部的敌人最近不太安分，所以要给他们一点压力，让他们不要轻举妄动。结果就在行军路上，你们遭到了埋伏。

伴随着一声响箭从林地飞出，划破天空，你们的领队骑兵应声倒下。紧随马后的你看到那骑兵被箭射中的狰狞面容，心中顿时一紧。尽管弓箭已穿透他的脖子，但他并未立即断气。鲜血从箭杆处喷涌而出，随着气管呼出的气体不断鼓出小气泡。更糟糕的是，他并没有完全跌下马，一只脚还挂在马镫上，整个人倒挂在马背上。出于求生的本能，他想要起身上马，但已完全没有力气。紧接着，更多的响箭飞出，彻底惊了那匹马。于是，你目睹了最恐怖的一幕：马匹受惊狂奔，将骑兵的身体拖在地面上前行，脖子上的血越流越猛，甚至喷到了马鞍上。

这一幕把你吓得愣在原地，直到百夫长跑过来踹了你一脚，你才反应过来，按照命令举起了盾牌。刚一举盾，响箭便直接钉在你的盾牌上，发出让人心惊的响声。但凡你举盾晚上几秒，那倒下的人就是你了。其他几个幸存的骑兵挥鞭回马，打算跑回军镇叫援兵，尽管有几人被敌人射倒，但你看到至少有两人成功脱身，心里稍微有了一些缓和。只要坚持到援兵赶到，你们就有生还的机会。

你们按照命令举盾结阵并架起长矛，这些偷袭的敌人骑兵不敢直接冲击。尽管不断有人因从盾牌缝隙飞来的箭矢而负伤，但你们的枪阵始终未散。你们明白，现在这些敌人骑兵对你们束手无策，但如果阵脚乱了，在这原野上各自逃跑，反而会被这群轻装骑兵各个击破，彻底被歼灭在这里。

你们从中午坚持到了晚上，这期间已有十来个人因箭伤倒下，阵形也逐渐变得薄弱。太阳即将落山时，塞外狼群的嚎叫声让你们越发绝望。如果天彻底黑下来之后援军还未到来，那么你们就彻底完了。晚上，这群人若是丢几个火把在你们中间，再从黑暗中举枪冲锋，只需几个来回你们就会彻底崩溃。

没过多久,你听到了来人的声音,然而来的竟是赶来助威的敌方牧民。他们也拿着武器结成阵形,摩拳擦掌,准备和你们一较高下。你看着这群牧民的装备,知道他们没有什么战斗力,但你们明白,牧民若是聪明一些肯定会跟骑兵们互相夹击把你们彻底击溃。就在百夫长打算发布散阵军令,准备与敌人最后一搏时,你们队伍里的一个人突然听到了一些声音。

他深吸一口气,俯下身子,用耳朵紧贴地面听着。刚被轮换下来休息的你也模仿他的样子,贴着地面聆听。接着,你听到了世上最美妙的声音:马蹄重重踏响地面的声音,咚咚哒,规律而又厚重,甚至隐约间还能听到夹杂其中的汉家骑兵驭马的声音。仅一瞬间,那些作乱的敌人似乎也听到了什么,斗志大减,甚至有人丢掉武器打算逃跑。

没过多久,地平线上就出现了威猛骑兵们的身影,硕大的落日下,你看不清这些人的容颜,但你看到了骑兵们的装束和范阳军的军旗,你们的援军到了。这下,力量的天平彻底倒转,作乱的敌人直接调头四散逃命。百夫长一声令下,你们散阵开始追敌。你追上一个逃跑的牧民,没有丝毫犹豫,直接挥刀从他后背劈下。劫后余生的喜悦、牧民胸腔喷出的血柱、草原特有的味道混杂着敌人的血腥味,这般刺激让你感觉浑身上下都在鸣叫,原来战斗竟能令人如此陶醉。杀掉第一个敌人后,你在草原上大声号叫着追逐更多敌人。一个原本要饿死在路边的小子,今天亲手为范阳军干掉了一个又一个敌人。

战斗结束后,军镇非常实在,你杀了几个人就算几个人头,想要算军功就给你记上,想要钱财就折算后直接拿钱帛任你取。你下定决心,从此你生是范阳军的人,死是范阳军的鬼。

就这样,边关几次小动乱中,你没有怜惜自己这条贱命,奋不顾身地扑上去。几次后，你因公升为陪戎副尉。还与几个同样从刀山里走出来的同僚们结亲，你在范阳军中站稳了脚跟。

天宝十四载（755年）正月一过，各种小道消息就流传开来。有人说节度使大人统领三镇，又身为异族，京师马上要派人来撤裁；也有人说安禄山狼子野心，肯定会先下手为强。到了八月，这些谣言越传越火，成了所有官兵、民夫们酒后的话题。甚至还有人声称节度使大人马上就要起兵清君侧了。

你们这些小军官们也各抒己见，有人认为若节度使大人真的起兵，那也是为了除去杨国忠这样的佞臣；也有人称不管节度使大人为何起兵，他都愿意跟随他去战斗。毕竟他的饷银是节度使大人发的，他的土地是军镇给的，长安如何他无所谓，他只会跟着范阳军。你没有说话，但心里明白，自己实在找不出什么为长安战斗的理由。

十月，大诗人杜甫写下了"朱门酒肉臭，路有冻死骨"的金句。墨痕还未干，十一月，节度使大人果然反了。此举勾起的不只是河朔三镇的兵锋，还有几十年来河北上下对唐廷的怒火。凭什么一个京官拿着长安的诏书，就可以在河北作威作福？凭什么河北生下来的你们要给京师的老爷们做牛做马？

很快，就再也没有人天真地考虑节度使大人是否真的要除掉杨国忠。你们杀掉了京官，停止了给京师的进贡。

一开始，很多人都像你一样还心存底线和希望。你们知道安禄山和史思明这些人的野心，但你们真的以为只要一鼓作气打到长安，局面或许会不一样。所以，很多时候你和你的手下攻占一地时，还是以官军的身份自居。老百姓的田地能不糟践就尽量不糟践，劫掠屠杀虽然时有发生，但你还是会主动提前制止。

可是，战事并没有大家一开始料想的那么顺利。大唐的官军也是很能打的，你们有安禄山、史思明，对面也是名将云集，有哥舒翰、封常清、高仙芝、郭子仪等各种能征善战的大将。战事一度艰辛到你们粮草断绝，几近绝境。

在这样的情况下，你们也不再坚持什么道义。攻下一地，优先抢粮抢人。上头发来征粮任务，你们分成小队去每个村子收缴粮食。若有村民故意隐匿粮食或真的没有余粮，你们不会放过他们，而是用各种酷刑折磨，直到他们的家人愿意交出粮食。若最后确实交不出粮食，你们便直接乱刀捅死，用以震慑周围的百姓。有时行伍里缺人，你们就拿着绳子去村子里捆人。只要发现还能走路的男性，二话不说捆住带回军营。为了避免他们逃跑，你们不仅捆住他们的双手，还在锁骨上打孔，再用绳子串起来，把十几个人编成一队。没有战事时，这群人负责军营里的杂务；战事紧张时，你们便把他们驱赶到前线消耗敌方的弓箭。

由于战事持续，老兵越来越少，新兵越来越多。这些新兵跟行伍里其他善于偷奸耍滑的老油条们混在一起，逐渐学会用老百姓的人头冒充军功。很多时候你去验收军功时，一看便知他们是拿无辜百姓的人头冒充，但你也装作不知道，因为这些人头报上去，你也跟着论功行赏。这场叛变对你们许多人来说已成了一场狂欢，每略一城必然屠城劫掠，遇到女人就抢夺侵占，很快你们上下都赚得盆满钵满。

这时你才后知后觉，叛军终究是叛军。走上这条路，要么打败朝廷成为正主，要么彻底被朝廷剿灭，根本没有折中的路。

这条路，走上去就再也不能回头了。打下长安时，你们俨然已经成了恶魔。长安未及逃走的百姓、繁华犹在的皇城，以及那些各地搜刮来的民脂民膏，全都被你们纳入囊中。然而，究竟是谁让你们变成这样的恶魔？

没过多久，大唐的精锐安西军就来了。双方二十万人的对峙在沉寂的关中平原上勾勒出一幅决死前的画面。长安城南的香积寺注定要成为许多人此生的终点。双方皆为手持陌刀、身穿重甲的军镇甲兵，只不过一方是唐军，一方是被冠以叛军之名的你们。

决战前的夜晚，你和许多人一样睡不着觉，你可以看到对面敌人营寨里的篝火，若是再仔细听，甚至能听到对面的军令和各种喧哗声。只是明天的这一刻，只有一方能够活着，另一方必将化为尸骨。若是赢了，你们以后就成了禁卫军，那时你凭着自己的人脉和关系，肯定能在长安谋得一个不错的职位。到那时，你就能把留在河北的全家老少都接过来了。若是弟弟愿意读书，就供他考取功名；若是他喜欢拳脚，凭你的关系也能把他介绍到行伍里当个小官。再不济，你也能拿自己这么多年掳掠来的财富在长安开一家不小的店铺，到时候明媒正娶一个京兆府的大户姑娘，那么你就是地地道道的长安人了。

若是几年前，死在塞外的草原上，你也没有什么遗憾。毕竟那时不过是一条烂命，死了也没什么好怜惜的。可如今你已经爬到了这么高的位置，未来有了那么多灿烂的可能，你第一次如此害怕失败。明天，一定不能再偷奸耍滑，一定要拼出所有的力气来搏上最后一次。你擦拭着手里的刀，暗暗下定了决心。

第二天，双方大多数人都和你一样，抱着决一死战的心态。就连高层也打算赌上这最后一次。这么多年来，双方在中原兜兜转转，大家都乏了。宽阔平坦的关中平原上，双方不再用阴谋诡计，兵法韬略也靠不上了。第一梯队砍光，就上第二梯队；第二梯队耗光，就上第三梯队。安西军有回鹘骑兵，你们手里也有精良的契丹游牧骑兵。所以即使战局有局部突破，对方也能靠侦察骑兵迅速发现并且回报，马上突破处又上演一场毫无意义的互砍消耗战。

这场痛苦的战斗需要的不仅仅是庞大的军队和严明的军纪，还要有足够强大的信念支撑。安西军知道他们是在保卫大唐，那你们呢？当你和手下的士兵作为最后一个预备队被填上战场时，你大概明白你们要输了。但你们已经不在乎了。只要杀死足够多的人再去死，你们的存在就有足够的意义了。今后不管是李唐还是任何一个朝代，都不敢再轻视河北子弟。这里的山河和健儿不比关陇京师逊色，这里的每一个呼声今后都会有意义。

古代骑兵：兵种中的王者

很多人通过电视剧、电影里关于骑兵的描述，会觉得在古代骑兵很贵重。维持一支骑兵部队的花费看上去很大，所以很多势力手里只有一支小而精锐的骑兵部队，既用来打破战场僵局，也可以在危急时刻稳定局势。而且在影视剧里的冷兵器战斗中，重骑兵往往无坚不摧，似乎没有步兵可以抵御他们。那么，真实历史中的重骑兵到底是什么样的呢？

如今中原混战，建立了几个不小的国家。而你生在北地，所属的国家因为有合适的草场和马匹，所以皇帝手里有不少精锐的骑兵。你们的国家虽然税收微薄、人口稀疏，但靠着这些锐不可当的骑兵，你们的国家总能立于不败之地。

因为你家就靠着草场，所以你和你身边的老乡们都靠着放马放羊来谋生。冬去春来年复一年，一望无尽的草场上有着盎然的生机，来往的商队驮着各种日用物资以及铁器、瓷器来到这里，再换走一捆捆羊皮和一匹匹骏马。虽然你们靠游牧为生，但这并不代表你们就不用交税。每年草场都会有人定期过来挨家挨户收羊收牛，有时候还会带走一些青壮年男子。

你还很小的时候，虽然对皇帝没有概念，但你知道这个皇帝一定很厉害。每次前来收税的官人们虽然没有多少人马，但他们拿着据称出自皇帝之手的敕书时，你们当中没有一个人敢反抗，都低下头顺从地任由这群人牵走你们辛辛苦苦放了好几年的羊。有时候一些缺德的官人们会顺走你们帐子里的吃的喝的，但没有一个人敢出来吭一声。跟你们一起迁徙的邻居大叔，他曾经靠着一匹马和一把弯刀在晚上独自赶走了一群饿得走投无路的狼群，可自己的孩子被牵走时，他却只能低着头默默地抹眼泪叹气。

除了交税，你们还负责给国家养马。你们赶的马群里有很多马匹毛色亮丽、体格健壮，但你们却不敢私自处理这些马，因为这是国家临时寄养在你们这里的马，到时候得按期交还。当年给你们的只是一群瘦弱的小马驹，但几年后你们就得交还十来匹壮实的军马。如果中途有马走失或死掉，你们不仅要赔钱，还要被拉去充军。为此，你们放养马群时得紧紧地看住这些马，不仅要让它们吃最好的草料，喝最新鲜的水，哪怕是入了冬也得拿好料养着，生怕这些马掉膘，到时候达不到军马的标准。

所幸这些年来你们这里没有发生灾荒瘟疫，尽管上面压榨得厉害，但草原水草丰茂，一群羊被带走，隔两年又有一群羊在这里安静地喝水进食。偶尔有几家因为运气不好，马群走丢了，或者晚上被狼群劫了，除此之外大部分人家都能在这里勉强生存下来。

因为你们以游牧为生，你得跟着大人们一起赶羊赶牛，所以你从小就学会了骑马。随着年纪增长，你的马术越来越精湛。到了十三四岁，你就被当作大人对待。父亲给你娶了媳妇，让你们小两口尽快生育，毕竟草场里牲口是资源，人也是资源。一个家族里多一个人，不仅多一份生产力，还能增加这个家族的抗风险能力。虽然你被视作大人，但暂时还和家里人住在同一个帐子里，等以后存下足够的钱，才能从商队那里置办下必需的生活用品，搬到另一个帐子里生活。

自此以后，家里的所有任务你都没有落下。你最害怕的任务是在夜晚驱散那些饿昏了头的狼群。虽然大部分时候狼群不会主动袭击你们的牲口，但深冬时节总会有狼群因为找不到猎物而瞄准你们营地里的牲口。往往是在风雪交加的深夜，伴随着北风的呼啸，狗群示警的叫声连同黑夜里传来的狼啸声，意味着一场恶战开始了。

其实这场战斗最大的危险并不是来自这些饿疯了的狼，而是伸手不见五指的黑夜。大雪肆虐的深夜，只要迷失了方向，就算离大帐只有几十步远，也有可能因为找不到家被冻死在离家不远的地方。这样的夜晚你们都得拿着火把结伴而出，一起抵御狼群。狼的目标显然不是你们这些汉子和高大的马匹，而是窝在深处的羊。只要有几头狼突破了你们的防线，冲进了羊群里，它们至少会咬死十几只羊然后再叼走几只。

面对骑在马上的你们，狼群没有什么反抗能力。稍微屈身挥刀，一头狼就会丢掉性命。这里的羊虽然多，但你们承担不起丢失羊的损失，每一只都有存在的意义，有些是要明年送给官人抵税的，有些是要卖给商队换取必要的生存物资的，有些是要杀了后制成羊皮羊肉维持家里日用的。很多时候，有狼窜进羊群里胡作非为。第二天一早，全家的女人们围着死掉的羊群号啕大哭，男人们则低着头唉声叹气。哭够了，情绪发泄完了，你们赶紧将这些已经冻僵的死羊处理掉，免得白白浪费。

这样的日子一直持续到你满十六岁。这一年，官人们拿够了东西后并没有走，而是指着你对你的父亲表示要带你走。家里没有人敢拦，你也不敢躲藏，就老老实实地牵着家里最合你意的马跟着他们走了。你是要去打仗的，打仗就是为皇帝效忠，打仗就是为朝廷分忧，打仗就是要跟自己最熟悉的人分开，然后有可能死在战场上。

离开时，你使劲嗅了嗅生活了十几年的土地所散发出的气息，牲畜的味道，人的粪便以及马粪、羊粪的味道，再混杂着青草被整齐咬断后飘出的独特气味。这些味道显然是那些捂着口鼻的官人们所不喜欢的。

你跟着官人们来到了都城的一座小镇附近，这里就是你们的军营。到了这里你才意识到，虽然你是被拉来当兵，但骑兵要比那些普通大头兵幸运不少。虽然吃得不如家里尽兴，但你们的吃食是没有人敢怠慢的。毕竟每天光供养你们的马匹就要花不少钱，若是因供给不足影响了你们的战力，那就得不偿失了。你们接受的训练是最严格的，但待遇也是有保证的。

被拉到这里当骑兵的小伙子们大多是草原上的孩子，所以骑术都不会太差。但是这里的训练不仅要求你们骑术过关，还有更复杂的标准。你以为战斗就是简单地在马上挥刀砍人，神挡杀神佛挡杀佛。但事实上，马上战斗也有各种技巧。面对不同的敌人要使用不同的招式。面对同在马上的敌人，要学会马上格挡和周旋；面对马下的敌人，不同的步兵要选择不同的武器和招式。

这些还只是个人层面的，经过严格的层层筛选，淘汰了不少人后，你们开始学习更复杂的技术。比如，听到哨令时，如何集结整队；前行冲锋时大群骑士如何保持阵形；更重要的是冲锋后被打散如何在混乱的战场上重新集结，再次发挥作用。上锋将各种各样的要求以及大量知识和细节不断灌输给你们这群骑兵，然而即使经过了半年的严苛训练，上锋依旧认为你们无法投入战场。而当时那些跟你们一起入伍的大头兵要么已经战死沙场，要么成了老兵油子。

你也开始慢慢入门，将这些技巧融会贯通。面对身位低于自己的步兵该如何屈身挥刀，怎样做到停马回身，遇到坚实的步兵阵时要如何跟着号令一起拉弓齐射。只有把这些数不清的细节领悟透了，你们才能称得上是真正的骑兵。

你们的开销也比步兵大得多。你们的军饷和抚恤金是远高于普通步兵的，一个普通骑兵的军饷就能和一个步兵百夫长的持平。你们的盔甲和武器不仅是满配的，而且有人时刻维护和保养。你们的马匹吃得甚至比普通步兵们好。草场上散养的马可以整日进食，但在这里却没有那么多时间，所以必须吃精选的草料。若是急行军时期，这些马的草料里还得加上豆料。训练或行军过程中，假如有马匹崴断了腿，要直接杀掉，然后再补充新的马匹进来。马群必须由一群专业的马夫每天时时刻刻地操心，若是马匹的身体稍微出了一点状况，这群马夫就得彻夜不眠地照料它们。

只有在这样的模式下培育出来的骑兵才能在战场上发挥出真正的实力。所以很多时候看上去每个国家都有骑兵，但他们的水平却天差地别。有些国家的骑兵充其量不过是一群骑马的步兵，完全承担不起骑兵的战斗任务。

终于经过一年多完备的训练后，你们被分别编入新的骑兵队伍，开始了真正的沙场较量。第一场战斗你就亲自砍杀了不少人，这让你信心大增。那次战斗对方已经完全处于下风，等到你们出场时，对方的骑兵已经消耗殆尽，只剩下一群步兵在坚守。

这群步兵虽然已是孤军，但却是一支训练完备、盔甲齐全的重步兵方阵。显然，你们的将军在这种情况下是不会继续派步兵与他们互砍，而是让你们上场折磨他们。

一看到你们上场后，这群步兵马上穿上重甲架起长枪，准备迎接你们的残酷冲锋。如果你们直接冲上去，虽然有机会冲散他们，但你们也会被架好的长枪刺得人仰马翻。因此你们驱马到离他们百步时，直接分散开来，按号令齐射了一波箭矢，然后又回到原来的地方整队。

对方士兵全都穿着重甲拿着盾牌，所以你们的弓箭并没有对他们造成多大伤害。但普通士兵穿着重甲时，哪怕只是站在原地防守，也是极度耗费体力的。你远远地看到对方有些士兵已开始疲惫和烦躁。他们的军官也意识到这一点，开始命令士兵轮流休息，除了站在最前排的士兵，都开始盘腿坐在地上恢复精力。

你们肯定不会任由他们这样惬意，没多久你们又重新整队开始冲锋。这次与上次一样，到达百步左右后又停了下来继续骚扰他们，然后有序撤回。就这样几个轮转后，每次停马的距离越来越近，但始终没有直接冲击他们的阵形。你可以看到这群可怜的步兵越来越疲惫，精神压力也越来越大，有些人已经得靠军官的鞭打才能勉强站起来举起长枪。

终于，在一次试探冲击中，对方顶不住压力直接丢下武器。一个士兵的怠惰引发了整个队伍的溃逃。你们这次没有停马，加速冲上去开始猎杀。你抽出武器，瞄准目标，在合适的距离俯身下探，按照自己曾经训练到烂熟于心的姿势挥了出去，就这样一个溃逃的士兵直愣愣地倒下。这群溃兵没有配合和掩护，完全逃不过你们这群来去自如的骑兵。最后整个战场上的逃兵都被你们杀光，跑得最远的也只跑了百步左右。

并不是每一次骑兵战斗都那么轻松自如，很多时候骑兵要承担的任务和参加战斗的频次都比普通步兵多得多。在你初战没多久后，南方邻国大举来犯，你们防守不利，被敌军打到了腹地。而你们这群骑兵被当成"救火队员"，不断收到各种命令。有时候要你们去特定地点截断对方的粮草运输。你们来去迅速，很多时候截掉了对方的粮草，杀掉了他们的人马，烧毁了他们的补给从容离去后，对方都没有反应过来。等到对方的援兵过来时，你们早已扬长而去。

敌军进入你们的腹地时，正是秋收季节，此时敌人可以就地征粮以减轻补给压力。所谓的就地征粮，就是打到哪里抢到哪里。但是抢粮食得派出大量的小分队去不同村庄烧杀抢掠，还得花上至少一天时间拷打村民问出藏粮食的地方，这给你们这群骑兵带来了可乘之机。你们的任务就是不断骚扰这支行动缓慢的大军，拖延时间等己方主力集结完毕。

很多敌人的小分队被派出去后，就再也没有回来。他们大多被同样分散的骑兵队依次消灭。敌方的主将对你们也很头疼，他早就意识到你们的存在，却无法使出全力来对付你们。首先他手里的队伍以步兵为主，骑兵为辅。他的宝贵骑兵虽然战斗力不如你们，但也要在决战时派上去执行重要战场策略，所以他不舍得现在就派这些人跟你们战斗。但要是让整支大军去捉你们，你们也不会傻到待在原地跟他们硬碰硬。就这样，这支敌军被你们以各种方式慢慢放血，消耗军力。

经过一段时间，你们的主力终于集结完毕，双方人马碰上面，准备开始最后的决战。你们被征召到大军里，听将军指挥，在决战时发挥更重大的作用。敌人虽然之前打了不少胜仗，但如今境况今非昔比。一路上他们被你们的袭扰弄得人困马乏，现在对他们而言根本不是决战的最佳时机。但因为粮草补给被断得七七八八，如果撤军还会继续被你们袭扰以致全军覆没。现在他们只有决战这一条路，要么赌一把打赢你们，要么兵败后全军覆没，但也比被你们折磨死要好得多。

第二天凌晨，你们双方同时开始攻击。你们骑兵有些被安排在队伍两翼保护己方步兵，也有一部分脱离大阵从右翼迂回，打算提前绕到对方后侧进攻。你被分派到进攻的骑兵队里，穿着重甲带好武器跟着队伍一起缓步前进。马匹前进速度不快不慢，这样既可以节省体力到最后发动冲锋，也可以在双方步兵接阵的同时发起进攻，制造最佳进攻效果。

走了没多久，你们就发现了前方的敌人骑兵，或许他们与你们有一样的意图，又或许对方知道你们的目的所以提前派出人马前来截击。无须多言，这种时刻只有进攻。号令一起，你们双方几乎同时蹬马快步前冲，剩下五十步时完全放开缰绳让马匹冲锋到极速。

你的心提到嗓子眼里，这样的骑兵对决是最残酷、最危险的。马匹的嘶啸，骑兵为自己壮胆的吼声，双方前排接触后的马匹和人的哀号，武器碰撞崩裂的声音此起彼伏，演奏出这世上最"华丽"的乐章。

一排排人马组成的高速骑墙相互重叠撞击，幸存者再次挥刀直到被杀死。你与对方一个骑兵撞到一起，虽然没有摔下马，但因为胸口受到撞击，两眼发黑。刚恢复视觉，你就发现一个敌人骑兵正扬刀挥向你，可旋即他被另一个骑兵直接撞离了原路线。这样血腥的战斗持续了不久，你们双方接到了鸣金收兵的号令。离开时，你注意到战场上敌人的尸体明显比你们的多得多。

对方将领的指挥水平与你们不相上下，但他们的骑兵数量和质量远不如你们。经过几次对决，对方的骑兵终于消耗殆尽，而你们又开始上演骑兵对步兵的屠戮。就这样，这场战争以对方全军覆没告终。

聪明不过帝王
伶俐不过江湖

／平民篇

Feast of Power

乱世到底有多乱

　　经常会有人抱怨，生不逢时，没有出头机会，往上爬太难；而乱世出英雄，他们要是生活在古代的乱世，肯定能出人头地。对于这样的人，我只能说两个字：无知。他们根本不知道，乱世之下普通人有多脆弱。

首先，就让我们先了解一下乱世的特点，想要在乱世活下去就必须理解并掌握这三点。乱世的第一个特点是朝廷失去权威，无力掌控大局。从夏商周到元明清，从奴隶社会到封建社会，统治者们绝大多数是没有真正把老百姓当回事的。但我们得承认，朝廷的存在有它的价值。

朝廷最大的作用，就是通过法律规定社会秩序。可以说，法律就是社会的运行框架。法律不一定能震慑所有人，但只要朝廷的权威还在，法律就对大多数人有威慑作用，让他们不敢随便去偷、去抢、去杀人。反过来说，如果朝廷的权威没了，法律肯定没用了，社会运行的框架就崩溃了。

别人打你、抢你、杀你，都不用付出代价，这时候你怎么办？别人蹿上门来欺负你，你不会指望衙门给你主持公道吧？官老爷现在都是泥菩萨过江，你去找他就是泥佛找土佛，想都不用想。如果法律没用了，社会上肯定到处都是零元购、打砸抢。你还得赶紧把门窗关好，把吃的喝的藏好，把能上手的家伙给家里人一人发一个。你还得告诉他们：谁来欺负我们，往死里打。

第二个特点是道德崩溃。这是法律崩溃引起的连锁反应。法律都没人遵守了，谁还把道德当一回事呢？当然，你要是有境界，有情操，可以继续遵守你的道德。但你得想好，为了你的道德会付出什么代价。邻居快饿死了，问你借点粮食，你是大善人，借给邻居一点，但将来你快饿死时，邻居未必愿意借给你。

逃难的来敲门，想在你家借住一晚，你好心收留他，可能他一进门就把你撂倒了；也可能半夜，他就把你全家灭门。乞丐求你给他一口吃的，你心善，给他一个馒头，可能过一会儿，他就带着一群乞丐来你家抢。你在乱世行善，就是给自己找不痛快。所以法律崩溃后，你会发现道德也崩溃了，什么温良恭俭让、仁义礼智信，全都变成了空话。

以前熟悉的街坊邻居、左邻右舍，全都变成了陌生人。所有人都变得冷漠、警惕、自私，大家都跟防贼一样互相防着。不是大家不讲道德，而是世道太乱，讲道德就是自杀。这时候，最明智的办法就是收起你的道德，跟大家一样冷漠、警惕、自私。在乱世，你不去害别人，就是最大的道德。

乱世第三特点是家庭崩溃。在乱世，生产活动基本上是停止的。种地的不能种地，经商的不能经商。没有生产，没有流通，绝大多数人都是只有出项，没有进项。比如说乱世开始了，你有一百斤余粮。这就是你度过乱世的资本。就算在最理想的情况下，不考虑粮食被偷被抢的问题，你也得面对一个非常考验人性的问题：粮食给谁吃？

长辈是把你养大的人，孩子是你的骨肉，妻子是和你同甘共苦的人，而你自己是家里的顶梁柱。粮食给谁吃，不给谁吃？哪怕你省吃俭用，能让家里每个人都有一口吃的，但粮食总有吃完的一天，到时候你还是得做选择，该放弃的你还是得放弃。至于该放弃谁，你就一刀一刀往自己心上插吧。父母昨天还疼你，今天就把你跟别人家的孩子换了吃。孩子昨天还孝顺你，今天就让你活活饿死。丈夫昨天还爱你，今天就把你卖了。

以前看历史书里说乱世易子而食，我总是感慨，父母怎么这么残忍。后来我一想，易子而食，恰恰是父母对孩子的最后一点人性，因为宰杀自己的孩子下不了手，那可是心头肉，平时打一下骂一下都舍不得，何况是把孩子杀了吃掉，禽兽都干不出这样的事。宰杀别人的孩子，就没有那么大的心理负担。

总之，不管是长辈、孩子、妻子，还是你自己，总得有人被放弃。不要幻想让家里人都活下去，那比天天中双色球还难。法律崩溃、道德崩溃、家庭崩溃，这就是乱世的三个特点。如果没有法律保护，你能活下去吗？没有道德保护，你能活下去吗？甚至连家庭这个世上最后的避风港都保护不了你的时候，你能活下去吗？如果法律靠不住、道德靠不住、家庭也靠不住，那还有什么能靠得住？在这样的情况下，你能不怀疑世界、怀疑人生吗？所以说，乱世的乱不仅是社会秩序的乱，它也是一种巨大的精神折磨。带着对乱世的这三种认知，我们一起穿越到古代体验一下乱世有多恐怖。

你是个读书人，虽然读得很用功，但因为天赋不够，连个秀才也考不上。你觉得这个时代不适合你，无数次畅想着你若是生在乱世，会怎样金戈铁马、气吞万里，一展鸿鹄壮志。而你一回到现实，看到自己家里破败的房子和丑陋的妻子，就郁郁不得志了。

每一次你读史书，读到古代那些靠着乱世出人头地的人物时，你就仰天长叹。你想好了，乱世一到，那些野心家们一定会求贤若渴，你只要稍加包装，装作不慕世间功名的样子，到时候他们肯定会争着求你出山。说不定还能重演一番三顾茅庐的典故。

之后，你会选择一个值得效忠的军阀，帮助他争霸中原，夺得天下。只要他黄袍加身，你就是一人之下、万人之上的大角色。到时候不仅现在这些看不起你的人得死，你还要把这些年赶考没有录取你的考官全都处死，以解心头之恨。

至于如何帮助上司夺得天下，你心里很有想法，甚至觉得这事儿很简单。要么劝谏上司广积粮，缓称王，要么广纳贤士，多听良言。平定四方后，你会劝谏上司少杀慎杀，努力恢复民生，奉行无为而治。你自己也不贪污，只要钱够养活全家和十几个小妾就满足了。到时候，你不仅人生圆满，甚至还能在史书里留下美名。一想到这些，你就暗恨为什么没有生在乱世，甚至希望朝廷出个大变故，弄出个乱世来。

为此，你还专门读了兵法，《孙子兵法》《孙膑兵法》《吴子》这些经典兵书你反复读了数十遍。每次考试落第，看着昔日同窗个个高升、志得意满的样子，你都忍不住畅想乱世到来，自己出人头地，这些人该如何巴结你。

之后，世间果真如你所愿。一日，正值壮年的皇帝突然暴毙，后继无人，一时间各个门阀大族摇身一变成为军阀，开始逐鹿中原。你所在的地方也有一个大族变成了割据势力，控制了你所在的州以及邻近的两个州。凭着印象，你觉得这家确实有实力笑到最后。于是，你不顾众人的劝阻和嘲笑，开始学着古代名士一样隐居深山，羽扇纶巾，整日高谈阔论，不理家事。很快你的名声就传了出去，这也正中你的心意，以为自己马上就能被这个大族的人发现。只可惜外面的人一直在传言，你们的村子里有个穷酸读书人，之前一直没什么出息，如今听到皇上驾崩、天下大乱，竟然害怕得躲到了山里不肯出来。所以你左等右等也没有等到"猎头"前来拉你入伙，以身入局。

你不知道的是，古代那些名士、谋士平日里就人脉广泛，精通天文地理，能说会道，个个都是身怀绝技的人才。即使有些人是平民，没有考取功名，但也早因胆识和才能被地方上的豪强看好。像你这样没有好的出身，也没有足够外显的天赋，再胸怀大志也不可能被发现。这是亘古不变的道理。

没多久，大族的人终于来了，只可惜他们来你们这里的目的不是找你。如今朝廷已经威信全无，世间的豪强们要么在积攒实力，要么纷纷入局搅动天下。而没有了朝廷在背后支撑，地方官府就失去了对地方的控制力，大多数地方官要么卷铺盖回家，要么跟着地方的豪强一起同流合污。你们这里的地方官掌握着这里的人口户籍和土地造册，他选择了投靠你们这里的豪强。因此，豪强借着地方官员的支持，开始吞并田地，圈养人口。

你所在的地方也没能逃过。先是被强征了一波粮食，接着没过多久你们村子的所有土地都被这个大族强行征收，你们就这样沦为农奴。年轻力壮的就被招到了豪强的队伍里成为士兵，年纪过大没有劳动力的老人则直接被丢在荒野里慢慢等死。而你因为是个文弱书生，既没有被征召去当士兵，也没有被拉去当参谋，还是继续当个苦兮兮的农奴。

当了农奴后，你才知道日子有多苦。你每天辛勤耕作土地，然而土地上的任何产出都跟你没关系。曾经住的房子也被大族没收了，你们一群人不分男女挤在一间曾经的牛棚里，夜晚收了工回去吃喝拉撒都在里面。每天晚上有人提一桶类似泔水的东西过来，你们一群人上去争抢。稍有病痛的人体力比别人差些，不用监工们折磨，就自己饿死在牛棚里。白天在农田里干活时，稍微有人懈怠，就会有监工用鞭子伺候。而且似乎你们的主人完全不在乎你们的数量，所以有几个变态的监工总会不定时折磨死几个人。有一个喜欢放狗把人活活咬死，再吃得只剩一堆骨头；有一个喜欢让其他人挖坑，再把人活埋，看着人慢慢咽气；还有一个人养着一堆老鼠，当他不顺心时，就随便绑一个人过来，用铁桶把老鼠扣在肚子上，再用火烤。没过多久，受惊的老鼠就直接凿穿了这个可怜人的肚皮，惨死。这些恐怖的画面在你清醒时时刻在脑海里浮现，就连做梦你也会梦到自己被选中，然后被各种方法折磨致死。

终于，你们听到了一些小道消息，说一伙势头极强的叛军联合塞外的胡人骑兵打了过来。你们心里有些兴奋，觉得若这伙叛军真的打败了这个家族，无论如何你们的日子都会好过一点。你看着豪强家上下愈发不安的脸色，觉得这个消息属实。

果然，叛军打了过来。他们确实势头极猛，连监工们也不得不骑马上前迎战。你们被暂时关在豪强势力控制下的一处封闭营地中，免得逃跑。在昏暗逼仄的角落里，你透过砖石间的缝隙，目睹了豪强与叛军的决战。

你以为自己精通军事，但看着豪强家步兵的布阵和调动，发现自己并不懂其中的学问，甚至连军旗摆放的门道也一头雾水。叛军人马压了过来，黑压压的人群虽然声势浩大，却是一群穿着布衣的贫民。他们举着短矛，大多数人连盾牌都没有。豪强部队的弓手抛了五次齐射，叛军就倒了一大片。豪强家的精锐步卒主动接阵，叛军如割草般溃败。你心里一声哀叹，看来你们是没法逃走了。

然而，战局很快逆转。豪强步兵见胜利在望，开始放开阵形抢人头，结果一群叛军骑兵踩踏着己方溃退的步兵直接冲阵。豪强突然溃败，步兵们变成溃兵，被叛军骑兵踩踏。你蒙住了，不知道骑兵从哪里冒出来的。这时，你内心痛苦地承认自己完全就是个废柴，注定被奴役，而不是奴役别人的那种。

豪强家兵败如山倒，全族人都被砍头示众，财产房屋被掠夺一空。你们的待遇并没有变好。叛军闯入营地，把你和妻女分开，全都赶进俘虏队伍里。你们所有人的脖子都用绳子套着，被骑兵用鞭子赶着走。部队扎营，你们男的被催促砍树、建营房、修盾牌。女的稍有姿色的被糟蹋，其余的洗衣服、做饭、照料伤兵。有人死掉，尸体被直接丢在路边。

你们没有一日三餐，只在晚上部队停歇时，喂牲口的人捎带给你们每人分一碗只有几粒小米的米汤。为了活命，你们想办法偷点马料果腹。走到平原，你看到了不同于家乡的场景，一片片麦田平铺着望不到边际，金黄的麦穗像波浪一样翻滚，这是一片富饶之地。这些土地都属于另一个家族，显然叛军与这个家族有交易。你们被扒光衣服，被打量，你以两千钱的价格被卖，这价格也就刚好够买一对带羔母羊。

你明白了，被买下来就是当牲口使的。每天种庄稼、犁地、砍树、盖房子，没有一丝歇息时间。你不知道妻子儿女去哪里了，也没心思想。晚上你们被关进圈里，吃饭屙屎撒尿都在里面。虽然麦子产量很高，可你早就忘了小麦的味道。

一开始你还在深夜里痛哭，哭自己，哭爹娘，哭妻子儿女。再后来，你琢磨怎么把自己弄死又不吃苦头。还没想到好方法，另一伙叛军打过来了。叛军兵败后，所有头领脑袋都被砍下来插在长矛上示众。你们又成了另一伙叛军的俘虏。

这次叛军很聪明，以往用绳子捆人会有人逃脱，现在直接在人的锁骨上打眼，再用绳子穿过去。一开始你不知道他们要干什么，直到你被摁在案板上，一个屠夫模样的人拿着锤子和锥子往你脖子上钉孔。你像临近宰杀的猪一样号叫，手脚被摁住，挣脱不得。

后来，你对这些痛苦麻木了，只要有口吃的喝的，你就不去想其他事情。冬天，你们在野外度过，衣服早就烂透了，只好不断把冻死尸体上的烂布往身上贴，晚上先盖几层烂布，再用黄土把自己埋半截，才能勉强不被夜晚的北风冻死。

开春时，你被冻得发黑的手掌好了，只是脚趾却冻掉了两个。终于，你们听说叛军要跟朝廷的军队开战了。大家都很开心，渴望朝廷打败叛军把你们解救下来。

结果两方对垒时，你们每个人都被要求拿根竹竿，被叛军骑兵押着向朝廷的部队冲锋，走在队伍最后的就会被叛军砍倒。为了活命，你们号哭着往前冲，官军不管你们是不是被迫，几轮弓箭射来，杀掉你们大多数人后，派出骑兵在你们这群人里如割草般大砍大杀。

你运气好,被一匹马撞晕,倒在地上,醒来时发现朝廷打了胜仗,可你还是俘虏。朝廷说你们都是反贼,开始一排排处决砍头。你想争辩,可没人理你。眼看着眼前的人一个个排队受死,你吓得腿软。行刑的士兵如拎小鸡般把你拎到河边,河岸上堆满了无头尸体。

跪倒在河边,脚下鲜嫩的新草散发着清香却混杂着浓重的血腥,你看着水面的倒影,那是一张绝望恐慌的血脸。刀锋挥过,你无声倒下。史书记载:某某,当世名将,大破贼军,斩首数千余。你的一生就此被诠释。

乱世中地主的命运

古代乱世到来后，普通人彻底沦为炮灰或者行军粮，很多人以为此时有土地的地主们可以趁此机会继续大规模扩张。但事实上，乱世对于大多数地主来说也是一场无法逃避的灾难，而且这个过程对他们来说更痛苦。

你是个小地主，田产不少，家里有十来个长工帮你养牛和种地，农忙时也会多雇些短工来帮忙。你靠着地方的一点小关系，每年都能少交一部分税。结余的粮食既能继续收购破产农户的田地，又能壮大自家的产业。像你家这样的光景，其实也算不上多好。你这样的小地主，其实在每个村子都有一两个，生活虽不算富裕，但也过得去。平常过日子抠抠搜搜，不敢大鱼大肉，只有节日时才杀猪祭祀祖先，一半的肉还要卖给周围的邻居。

每年结余的粮食除了要用来扩充田产，还要供两个儿子读书，为女儿们准备嫁妆，为院子里仅有的两个看家护院的家丁发放月钱。村子里都说地主更抠，那是因为你们确实需要精打细算。而且有时候地方遭灾严重，官府也会给你们这些大户人家摊派任务，所以你们粮仓里的粮食很多都是用来储备应急的。

虽然生活相对艰辛，但你们一家子过得还算有盼头。等将来你的儿子读书考取了功名，女儿再嫁个员外，你们的家族就会繁荣壮大，成为真正的大地主。虽然你偶尔也会抱怨朝廷收税一年比一年高，但是靠着精打细算以及合理运营，你的家产还是能够持续扩大。

然而，随着时间的推移，土地兼并日益严重，你们村大多数土地被一个吃相难看的赵姓大族吞并。同时因为北边叛军作乱，你们和朝廷的联系彻底中断。官府失去效力后,这个赵老爷成了地方一霸,强买强卖,还靠家奴强征粮食。

你这样的中层地主也成了赵老爷的盘剥对象。为了自保,你主动将两个未满十五岁的女儿送去赵府为奴婢,赵老爷才法外开恩,你保住了你的田产。虽然没有大旱大疫,但村子里大多数人因失去土地而卖儿卖女,流离失所。这些年的光景越来越惨淡。

某日,你和雇农忙完农活刚回到家门口,看到不远处扬起一阵不小的烟尘。稍微靠近后,你才发现竟是一支骑兵小队。领头的是赵家一个善于舞枪弄棒的家奴。他看到你跪在马下,嘴角露出一丝别有深意的笑容。

阎王难搞,小鬼更难缠。你不得不好生伺候这群人。尽管刚忙完农活已经累到极点,可你还是张罗着全家埋锅做饭,为赵老爷的打手们准备餐食。那个家奴只是用目光瞅了瞅你家那只正在下蛋的母鸡,你赶紧跑去杀鸡,生怕怠慢了这个瘟神。一刀扎入鸡脖子后,鸡在喷血,你的心也在滴血。当年的官员们再怎么吃拿卡要,也讲点道理,一年也就来一两次,还给办事。现在这群人跟土匪没什么区别,若再来几次,你家恐怕就被吃光了。

不久,这群人的饭做好了,鸡鱼米面满满地摆了六桌,个个碗里都盛得满满的,生怕怠慢了任何一个人。吃完后这群人还不满足,要喝酒。没办法,你只好拿出藏在地窖里的女儿红,看着他们痛饮,你安慰自己,反正女儿已送给赵老爷,这酒也没多大用处了,喝了就喝了吧。这群人吃饱喝足,在院子内外耍了好一会儿酒疯才上马离去。看着满院狼藉,你满脸哀愁,不知道这样的日子何时是个头。

本以为这次破财消灾,之后几天会消停些。没想到很快又出事了。早上还没睡醒,你就被家丁摇醒,原来门前又来人了,而且比上次更多。你赶忙跟着家丁爬上被简易加强过的墙垛,接着就被眼前的景象吓得两眼发黑。你看到四十来个饿得不成人形的流民。他们虽然是跪在你家门前乞食，但这群人手里拿着农具，有锄头、镰刀，甚至有些人举着菜刀。

你看着跟你一样瑟瑟发抖的两个儿子和两个家丁，他们虽然有武器，但人数太少。院子里临时雇来的短工显然不想掺和，只想看热闹。思量再三，你决定与流民谈判。

站在高墙上，你对着下面的流民大喊："乡亲们，都回去吧。不是我不愿意给大家粮食，现在年景不好，我这地主家也没余粮了。"这群人听后却不为所动，还议论纷纷，有人说前几天看到你家杀鸡杀鱼。说话间人群更加躁动。

你见软的不行，只好来硬的，扯着嗓子吓唬他们："你们还是走吧。我已派人到县里去叫兵，县里的大人们过来看到你们这样，肯定要把你们抓去砍头。"这话确实有点威慑力，有些人听到砍头两字后，把手里的锄头放低了。你见状打算继续吓唬他们，结果还没开口，下面人群中窜出一个相对强壮男子，他对你喊道："大爷，你就别骗我们了，县里的老爷们早逃了，哪里还有什么兵？"这话说完，人群中又哄闹起来。接着，那男子继续说道："大爷，不是我们欺负你，饿啊，再不吃上一口饭就挨不过明天了。今天你先给上我们一碗，到时候光景缓过来了，我们还给你也行啊。"

你听这话音耳熟，定睛一看，原来是你认识的人。于是你客套道："二盛子，怎么是你带头在大爷这里闹事啊？当年你闹羊癫风，我可是赶马车带你到县里治病的，你忘了？"那男子听后不耐烦地摆了摆手，说道："别说那些有的没的，今天兄弟们就是来讨口饭吃。大爷，你给我们做上一碗我们吃了就走，要是我们打进去，那就指不定吃啥喽。"话音刚落，人群中哄闹起来，甚至有人捡起地上的砖石往你这里砸去。

眼见这群人马上就要失控，再看院子里那些短工丝毫没有要帮忙的意思，你只好忙不迭地下墙开门。幸运的是这群老乡们果真遵守诺言，就拿着农具蹲在你家墙角，等着你煮饭。你匆忙准备了几锅稀饭，这群人也不挑剔，马上丢下手里的家伙端着碗给自己盛饭。看着狼吞虎咽的乡亲，你内心依旧紧张，只希望他们吃完饭有力气之后能够安安分分地走掉，不要再惹出任何事。

所幸，这群人吃饱后，依次朝你作揖道谢后就退了出去。最后人差不多都走完时，你才发现还有一个人端着碗背对着你蹲在墙角那里。你看了好久，见他没动静，才过去轻轻一扒拉，结果那人手里的碗掉在地上，人也仰天倒下，碗里的稀饭洒了一地。你仔细一看，这人已没了动静，浑身上下只穿着几块遮羞布条。原来这人还是个孩子，但已经瘦成了柴火。看着这个和你儿子差不多年纪的尸体，你不由得鼻头一酸，这算是什么世道啊。

你终于享受了几天的清静，再没有流民来闹事，你赶忙抓紧时间去照顾庄稼。可是，那个瘟神赵老爷的家丁又带着人马来了。你不用多说，又准备了一顿饭菜伺候这些大爷们。这次你特别叮嘱手下把家里的牲畜藏好，因为你知道这群人如果发现了，肯定会让你杀掉这些下地干活的牲畜。粮食没了可以再收，但牲畜被杀了，你的田地耕作就会更费人手，到时候你就真的翻不过身了。

然而这次，这群人吃饱喝足后并没有马上离开的意思。为首的家奴打了个响嗝后，从袖口里掏出一张纸条念道："赵老爷有令，因为最近这里闹土匪，所以要加强本州地界的防备。你们这些田产二十亩以上者，都要再准备好十五车粮食，以支持防备。"

你听了这话目瞪口呆，那家丁看你气得喘不过气，反而笑着说道："其实赵老爷是要问你家要二十车粮食的，得亏兄弟我替你说情，才让赵老爷给你免了五车。"说完，领头的家奴抬手一挥马鞭，带着手下赶往别处传达赵家的命令。

那炸裂的马鞭声和无理的要求震得你头晕目眩。上个月才交了好几大车粮食，现在又来索要，明显是要把你家彻底吃空。待那大队人马走远后，你才勉强爬起来。远处，不知从哪里来的流民正结伴向西而行，一行行队伍在浑圆的落日照耀下映现出一片悲怆的血红。突然，一阵凄惨的童谣在队伍里响起："乌流矢，灭灶烟。朱红血，流满门。愿生太平不为人。"

一个恐怖的念头在你脑海里轰然炸响：此朝已有三百余载，气数已尽，乱世怕是要来了。荒废的良田，断壁残垣上飘荡的尘烟和鬼魂，堆积如山的人头，你眼中的乡土已然变成一幅恐怖的景象。

夜半，你再次被梦魇惊醒。要不要逃跑？把这些土地变卖了，带着些积蓄找一个地方躲上几年，等到乱世结束，又是一个太平人间。可是，去哪里呢？北边连年饥荒，贼兵早已在那里和官军打得血流成河，去那里纯粹是找死。南边虽说还算太平，可那里的豪强同样不手软，自己没有根基，马上就会被吃干抹净，身死他乡。

况且，这数十间瓦房和几十亩良田可是从太太太爷爷手里世代相传下来的。若是就此卖掉，你不甘心。百年之后，有何脸面去见祖先？

握着已经被冷汗浸湿的被子，你怨恨不已。为何偏偏被生在这乱世？为何老天爷要这样折磨世间人？你想大哭，想大笑，想大吼一声排解心里的恐惧。但良久之后，你还是睡下，只有一只老鸦在乌黑的院内哀鸣。

第二天太阳升起，你还是强挤出笑容去地里劳作。日子还是要过下去的。如今皇上圣明，说不定能平定叛军。即便最坏的情况发生，真有兵乱闹到你这里，你老实交一些粮食财物上去，全家说不定就没事了。毕竟那匪徒也是人，肯定通情达理，为何平白无故要害你的命？而且你平日里对邻居能帮就帮，给雇农的待遇也不错。行善积德这么多年，老天爷也会保佑你们家。

吸取了上次被一群流民吃白食的教训,你勒紧裤腰,多招募了几个家丁,希望如果真有坏事发生,他们能够派上用场。

但现在摆在你面前最大的问题不是这些,而是赵老爷要的十五车粮食。如果规定时间内没准备好,你就惨了。几日后,你东拼西凑只凑出了十二车粮食。前来索要粮食的头领毫不留情,直接叫人抽你一百个鞭子。你一边哀号,一边求情。可惜赵老爷的家丁们怎么会放过这么好的机会,你像条野狗一样在泥里被抽得打滚。你的家人越是求饶,他们就抽得越起劲。

你的几个家丁最多也就是拿个棍子看门护院,哪敢跟这些高头大马的骑兵作对?个个都装作看不见。最后你哀号道,自己已经把两个女儿送给赵老爷了,这次能不能放过。那领头的家奴听后一脸淫笑,怪声道:"怪不得那对姐妹花那么润,没想到是你送来的。那么这鞭子就先不抽了。不过作为惩罚,今晚你的两个女儿就要被这些兄弟们享受享受。"话音刚落,整队人马大笑起来,连他们胯下的马匹都躁动不安。

血水连同屈辱的泪水混在泥土里,被你攥在手心。一想到两个女儿今晚可能的遭遇,你就不由得想起那句话:宁为太平犬,不为乱世人。

不久,更坏的消息传来了。王师大败,逃回了京城,叛军没了掣肘,马上就要攻到你们这里。有些人听了这消息,丢下一切家当开始往南跑。你躺在炕上养伤,不为所动。叛军再坏能有赵老爷坏?自己不过是少缴了几车粮食就想把你活活打死。到时候叛军来了,把土地给了就是了。

每日都有关于叛军的小道消息传来,他们离你们越来越近。据说这些叛军军纪极好,每到一处安境保民,绝不骚扰百姓。你听到这些大喜过望,可你总感觉院子里的家丁表情有些不对劲,总是凑在一起窃窃私语,又突然散开。

有一日，你突然听到了院子里一阵骚动。伤势稍好的你走出房门，往日还算规整的庭院突然燃起了滚滚浓烟。庭院内外一片喧嚣，自己的大儿子已经被人一叉子捅进了心窝，倒在院子中心。

以为是叛军袭来的你，抬腿打算躲起来，却被一个浑身是血的家丁看到。他一声招呼，几个人就把你捆了起来。原来是这群家丁连同雇农想要抢了你家去投奔叛军。

对于这些普通人，过去束缚他们的是官府的权威。如今乱世开启，他们这些一辈子都吃不上几块猪肉的人，终于有个机会去博一下。而你就是他们要对付的第一个对象。上层欺压你，下层也盼着砍翻你来改善生活。但最让你愤愤不平的是，那为首的家丁竟然是跟你同宗的大外甥。

被逮住后，你想到明明是你掏钱让他们保护自己，他们却反咬起了主人。你愤怒到了极点，在院子里大声叫骂。但这群人没有急着杀你，毕竟你身上还有他们想要的东西。他们知道你存粮食的粮仓在哪里，也清楚你做了这么多年的地主老财，肯定存下了不少白银，说不定还有黄金珠宝。可是任凭他们怎么拷问，你都强忍着痛苦不告诉他们。

你确实在一个地方藏了不少白银和两根金条，但那是给你儿子留下的。今天你的长子被杀了，但你环顾四周没发现小儿子，便笃定他逃跑了。埋藏金银的地点只有你和儿子们知道，只要小儿子躲上一段时间，之后回来就能继续活下去。因此无论他们怎么问，你都咬牙不说。你知道无论自己说不说最后都是一死，不如坚持一下，把钱财都留给幸存的儿子。

可是到了晚上，这群人却押着一个遍体鳞伤的人回到院子里。你听到那人的哀号，顿时心中一紧。转过头去一看，果然是你的儿子被抓住了。现在他们不再折磨你，而是开始折磨你的儿子，同时逼问钱财的藏匿地点。很快，你儿子的哀号从大声变成无力，最后连眼睛都微微合住，几乎动弹不得。你看得心如刀绞，但仍旧打定主意不松口，因为你知道，一旦说出藏钱的地点，他们肯定会直接杀掉你们。你想着多撑一会儿，也许还有一线生机。

或许是看出了你的心思，你的远房外甥突然拿着一把刀抵在你儿子的胸口，威胁道："你若是还不说，我就直接照着你儿子心窝扎下去。到时候看你要钱还有什么用。"说完，他将刀往你儿子的胸口微推，疼得你儿子身体蜷缩，再次号叫起来。这下你的命根子算是被抓住了。你绝望地大声恳求："留下我儿子，我说，我说，这可是我最后一个儿子啊！"接着，无须催促，你就一五一十地交代了所有的藏钱地点，还恳求他们杀了你可以，但要放过你的儿子，并保证你家世世代代都不会报仇。

可是他们确认了地点，找到了你积攒了一辈子的财富后，当即就杀掉了你的儿子，接着也给你抹了一刀，把你推倒在废墟里。最后几声叹息中，你思绪万千，没想到自己的结局会如此。你的目光渐渐消散，随着灰烟飘入长空，就这样埋没在历史的长河里。

为什么那么多人相信张角

黄巾起义之前,大汉各州瘟疫蔓延肆虐,张角用符水符咒来治病。这些行为在我们现代人看来就是坑蒙拐骗的事,那为什么张角可以借此收拢了大批忠实的信众?

你是东汉治下的平民。从东汉开国时的三十税一，到如今层层盘剥下来，你们种出来的粮食，除了能让自己勉强活着外，其余的都得交出去。

为什么不反抗？这汉祚已经延续了这么多年，哪还有人敢喊什么"王侯将相宁有种乎"？就算被官家抢走了最后一袋粮食，你们这些人哪怕饿死在家里，也没有人敢去做大汉的反贼。

但这一年，你所在的冀州先是大旱然后又是大疫。你们想去找官府求救，可这些靠着盘剥你们才滋润地活下去的官员们却弃你们于不顾。连年的重税，从未停止过的徭役，这样也换不来大汉官家的一丝怜悯。有人偷偷传唱着从远方传来的民谣，说什么："发如韭，剪复生；头如鸡，割复鸣。"

绝望之际，一个人出现了。他自称大贤良师，传授太平道教，并用符水符咒救治路人。起初，你们对这个自称有巫符之术的道士心存抵触。然而，慢慢地，有人从他那里回来，传播消息：这人的符水确实有用，而且不论你是否加入他的太平道，他都会施舍一些粮食。

一时之间，所有的饥民和病民都拥向他。你虽未染病，但还是与村民们结伴前去讨口饭吃。到了那里，你发现那个持九节杖的道人虽一脸威严肃穆，却有别于以往那些红袍的官家贵人。病人被抬过来后，他亲自与手下道徒分发符水，喂食米粥。若无病在身，也能讨到口米吃。当然，这也有条件，那就是你们得坐下来听他布施一会儿太平道。有人入了门，当场叩头跪拜请求入道，而你和大多数村民对这说教无感，吃完饭后，干坐在那里闭目养神。

快回到村口时，村里一个看过几筒竹简的村民突然开口道："我看这道人未必安着好心，稍微有点见识的人都在逃离冀州，这人过来不是为了名，就是为了利。"另一人马上骂道："你一个连孝廉都保举不上的饥民，人家能从你身上得甚名？得甚利？莫非是贪图你那只有几颗大黄牙的老婆？"大家听了后哄笑一团，之后回去的路上无人再发一言。

没多久，那道人就走了。有人说大贤良师发现冀州灾情最严重，所以去京城的达官显贵那里讨要粮食去了，大家只要撑到大贤良师回来，就能得救。闲谈中，大家认定这符水符咒其实没多大用处，但靠着大贤良师接济的粮米，确实有不少病人挺了过来。

然而，不久后，吏员又来征粮。虽然今年已收了三次粮，但这次又有了新的理由：一是皇帝要在洛阳修石经，镌刻儒家大典，延续华夏文脉，这是利在千秋的大功德；二是西羌人在边疆闹事，为了保卫大家，皇帝要筹集军粮讨伐羌人。

你们都不识字，但那印着汉廷官印的公文让你们这群人无力反抗。一个人斗胆挺起干瘦的胸脯问那个肥头大耳的官员："我娘已经饿死了，如果再把最后的粮食交上去，用不着羌人打过来，我也要饿死了。所以我可不可以先欠着，明年再交？"那官员听了勃然大怒："你娘死了，你不老老实实在家守孝三年，跑到这里来干什么？"

原本跪着的那人听后，用竹竿撑起身子勉强站直，瞪着通红的双眼质问："我娘死时连一块下葬的地方都没有，官家告诉我该去哪里守孝呢？"

那官员第一次听到有贱民敢如此反驳，直接上前抽刀一挥，将那人的脑袋砍下。那肥得流油的官员一边擦着刀上的血迹，一边得意扬扬地对着那颗头颅说道："看你还能不能跟本官顶嘴。"

"发如韭，剪复生；头如鸡，割复鸣。吏不必可畏，从来必可轻。"看到这一幕，你一边颤抖着身子，一边回味着那句民谣。这头砍掉怎么能长回来呢？像你这样卑贱的良民怎么就不可轻了呢？

几天后，官吏们从你手里夺走你攒下的种粮时，你对大汉官家的所有幻想都化为仇恨。为什么你要像一条狗一样毫无尊严地死去？这天下到底有谁还顾着你们呢？饿得两眼昏花的你突然想起了那天亲自捧着一斗米给你的道士。

终于，那个自称大贤良师的道人回来了。断食几日的你趴在村口看见了他，还有他身后几车从世家大族手里乞来的粮食。但这里已经没有多少人需要他救了。那些曾被他亲自用米汤救回的灾民早已饿死在路边化成白骨，那些他所悉知的村落也变成一片片荒郊野岭。

只要给这群人留一碗混杂着树皮的米汤，他们就能撑到大贤良师回来。但为了洛阳的碑林，为了所谓的文脉延续，人们都死了。

大汉的都城洛阳，由几位大官员提议，由大贤蔡邕等对《诗》《书》《易》《春秋》《公羊传》《仪礼》《论语》七部经书进行校订，刻成石碑。刻了足足八年，由东向西，折而南，又折而向东，呈"匚"字形立于太学讲堂门外东侧，上有屋顶覆盖，两侧围有护栏。每天，世家子弟前往观看，车辆何止千辆。那些穿着绫罗绸缎、皮肤白皙的人说："开创延续文脉，是利在千秋的大事，功德无量。"

这个身材高大的道人捧着一小堆黄土，跪在地上哭了很久。此时，已经旱了许久的天空开始下雨。幸存下来的人们开始围在他的身边，有绑着黄巾的道徒，也有从麻木中恢复了一丝希望的众人。

细雨逐渐连成了密集的雨帘，人们将大贤良师围在最中央。他们找来一些物品，为大贤良师遮挡风雨，保护他手中那捧黄土。

乌云上突然炸出了几道奔雷，那雷电不是从天而降，而是从人群中央拔地而起，直直地劈向汉家的苍天龙脉。

"苍天已死，黄天当立。"不知是谁最先喊出了这个口号，接着越来越多的人跟着高呼。这一次，这样的口号不再是偷偷传诵，而是被无数人齐声呐喊出来。

"苍天已死，黄天当立，岁在甲子，天下大吉！"你们用尽所有力气呼喊着。你们的悲伤，你们的愤怒，传到了京师，传到了你们目光所不能及的山海和苍生。

是啊，你们会死，但你们不在乎了，至少这一次，你们是以更有尊严的方式死去。

发如韭，剪复生；头如鸡，割复鸣。吏不必可畏，从来必可轻。你终于懂了这句话的意思，原来那些官吏老爷们也不过是血肉之躯，一锄头砸下去，同样会脑浆迸裂，倒地身亡。还有什么好害怕的呢？

后来你加入黄巾军，转战南北，杀了不少人，有官老爷，有汉军子弟，也有不少良民。最终，大贤良师张角去世了，曾经如野火般席卷的冀州黄巾军也逐渐作鸟兽散。

当袍泽战死时，你会将他们额前的黄巾缠在自己的臂膊上。每次挥舞战刃,黄巾飘扬,犹如烈火。然而,你们这些草民终究敌不过大汉那些吃精米细面的良家子弟。你的枪刃全力挥下,刺穿了一个着甲的汉军兵士,却在背后被一个裹甲骑士用长戟洞穿了后背。

这一次,没有人会取掉你额前的黄巾。尽管如此,你从未后悔过选择跟随大贤良师张角,因为你们追随他,从来不是因为他的符水能治病。这一点,他知道,你们也知道。

奴隶主为什么虐待奴隶

奴隶社会是人类历史上早期的一种社会形态。在当时的观念体系中，奴隶被视为工具和附属物，其生命价值常常服从于宗教信仰、仪式习俗或主人的意志安排。例如，有的地方出门遇凶兆会以奴隶祭祀祈福，兴建房屋时也常以奴隶殉葬奠基。这些行为在当时社会的价值结构下，并不被视为对财产的浪费，而是体现了某种秩序观与象征意义。

你是个奴隶主,生活在一个朝代的末期。你是当局者,不知道你的国家即将覆灭,但你能感觉到世风日下。很多奴隶主醉生梦死、骄奢淫逸,失去了作为奴隶主的美德,比如忠诚、勇敢、敬神。你无力改变别人,只能做好自己,从不跟别人同流合污。

这天是朝觐国君的日子。一大早起来,你就整装待发。进宫之前,你先去给父亲问安。十几天前,你的老父亲打猎时感染风寒,卧病不起。为了治病,你又是请巫医,又是祭祀族神,这些天已经祭了四次,就连侍奉汤药,也是你亲自动手。

很多奴隶主偷奸耍滑,照料双亲只是动动嘴,吩咐家臣去打理一切。想到这些人你就来气。照料双亲必须亲力亲为,怎么能假手他人?你的老父亲今天气色不错,吃了药,还吃了两块鹿肉。你很欣慰,觉得自己的一片孝心没有白费。

安顿好父亲,你走出家门,乘坐马车进宫。这一天,国君的心情糟透了。西边的一个部族叛乱,叛军现在已有四万多人,离国都只有三百多里。国君今天举办朝会,就是为了跟大家商议破敌之策。但他喜怒无常,总是一言不合就杀人全家。

所以，他把问题一抛出来，多数人战战兢兢，不敢说话。哐啷一声，国君把案头的酒爵摔到地上："你们怎么不说话？为什么？国家为什么会变成这样。"你勇敢地站出来说："国家沦落至此，都是因为国君你沉溺酒色、荒废朝政！"国君气得打哆嗦，像一头负伤的野兽："来人，杀了他！不！剁了他！剁了他！"大家很同情你，但谁也不敢帮你说话，谁让你自己找死呢！

你鄙视地看着得过且过的同僚，又用慷慨赴死的眼神看着国君："杀了我能怎么样？杀了我能让国家得救吗？"国君显然愣了一下，虚弱地挥挥手，示意武士退下，冷冷地说："不杀你，你有救国良策吗？"你胸有成竹地说："都城有众多服役者与徭役民，可编为役兵，筑障、运粮、扰敌前锋。"

国君疑惑道："杂役之人未受训练，如何可战？"

你答道："非使其破敌，只为拖敌疲兵、扰其阵型，待我王师埋伏于侧，方能一击奏功。"

国君沉思片刻，终于领首："准你调遣徭役千人，与南方兵合势夹击，若有差池，斩你无赦。"

国君揉着胀痛的太阳穴，思索很久，最终采用了你的谏言。不是因为你的谏言有多好，而是国君想不到别的办法，别的大臣又不肯说话。

朝会结束，当你回到家里，已经是午后。你的饮食很简朴，不像别的奴隶主讲究口腹之欲。草草吃了一点东西，你就把两个还不到十岁的儿子叫到射堂，让他们练习击技。

这是你儿子每天的必修课。跟他们陪练的是几个童奴。你的儿子穿犀皮甲，用真剑；童奴衣不蔽体，用木剑。即使有皮甲护身，有时候被木剑打到也很疼。你的儿子原来对这种训练很排斥，说奴隶主圈子已经没人学这么危险的技艺了。你告诉他们，击技是奴隶主的必备技能。不会击技的奴隶主，就像不会下蛋的鸡。

在你的严格监督下，你的儿子经过两年半的训练，击技已经愈发娴熟。这一天日落时，他们重伤了四个童奴。你对他们的表现非常满意。

作为奴隶主，你的一天就这样结束了。回顾这一天，虽然险些被国君处死，但你无怨无悔。扪心自问，你觉得自己是孝子，是忠臣，是严父。无论是对国家还是对家庭，你都问心无愧。

第二天，你父亲的病情加重了。昨天他还能下床走动，今天却躺在床上，蒙着被子，似乎要把自己咳死在这里。你心里一慌，立刻请来了巫师占卜。十几个德高望重的巫师围着祭台蹦蹦跳跳了好几个时辰，又献祭了一头牛、三头羊后，终于给了你一个解决的办法：在最合适的时辰里，杀死八个男奴隶和八个女奴隶。

你听后心里一颤，十六个奴隶可不是小数目，即使你地位尊贵，也不能轻易杀掉这些奴隶。毕竟，对你来说，这是一笔不小的财产。尤其是这些女奴隶，她们可以不断生育，确保你的奴隶供应源源不断。

但是你的父亲眼看就要病亡了，极孝的你无法接受这个结局。思来想去后，你还是决定进行一次生人活祭，为你的父亲求得一线生机。奴隶没了可以再买，但父亲若没了，就彻底没了。若是被人知道你因为爱惜奴隶而让父亲去世，你的名声也将彻底毁了。

你亲自挑选了八个看上去没有太多活力的男奴隶，以及八个年长且几年未再生育的女奴隶，来进行这次生人活祭。在最合适的时辰里，迎着落日的余晖，在你的一声令下，你的手下齐刷刷地将这几个人活活串在了木棍上，按照巫师交代的图形，摆在了城外的荒野里。你离开时，有几个奴隶还没有咽气，有一个甚至呜咽着求你给他点水喝，但你连头都不回。

即使你身边的护卫看了也瑟瑟发抖，而你却不为所动。你实在不理解他们为什么会被这样的场面吓到，这群人的胆量实在太小了。你自我感觉良好，看来自己身为贵族是有原因的，那就是你们的血液生来就比其他人高贵，所以你们也更勇敢。其实，护卫害怕是因为他们担心有一天自己会做错事而沦为奴隶，而你却明白自己永远不会变成奴隶。

几天之后，父亲的病情稳定住了，但他再也听不到别人说话，也无法发声。你本想责怪巫师，但巫师们却说你献祭的奴隶品质不够高，触怒了神灵，才导致了这样的结果。听到这话后，你也没有心思再责怪巫师，回去后又赶紧杀了几个奴隶献祭神灵，祈求他不要责怪你这个凡人。

几天后，叛乱的部族人马已经来到了城外十里的地方。按照惯例，你们又得进行一套复杂的献祭流程。

第一天，每个贵族先交给国君十个奴隶，凑出几百个后，在国君专属的祭坛上杀死，然后开始狂欢。祭坛下堆满了刚刚死去还未处理的上百个奴隶的尸体，而你们就在这旁边吃喝玩乐，以此驱赶死灵，向他们表示自己并不害怕死亡。这样之后作战的时候，死神就不敢过来找你们索命。

你们围着火堆吃喝玩乐，一旁的尸体在篝火的映照下显得更加狰狞，但你们却愈发兴奋。有几个女巫师甚至将奴隶尸体上的鲜血抹在她们赤裸的身体上，伴着音乐起舞助兴。

第二天，为国家祈福的献祭开始。大家献祭了更多的奴隶，这次你们没有作乐，而是跟着巫师围坐在祭坛旁，虔诚地背诵咒文。因为这是向神灵的献祭，杀死这些奴隶的方法更加残忍。所有奴隶都是被钉子钉穿脑壳后吊在柱子上，再用篝火焚烧。有些生命顽强或钉子钉得不够深的奴隶刚刚晕过去，现在又被火活活炙烤。他们发出瘆人的惨叫，但你们这些贵族和国君都面无惧色。

唯有你，因为这些天丢掉了这么多奴隶而心痛，但一想到之后的战争若胜利，你就能收获更多的奴隶，心中便安慰了许多。如果战争胜利，你收获的奴隶够多，那你便要举行一个规模堪比国君的献祭来向神灵祈福。或许那时，神灵一高兴，你的父亲就能重新开口说话了。

几天后，在都城西边的荒原上，爆发了一场激烈的大战。然而，阻击叛军的几万奴隶毫无作战意愿，战斗一开始便临阵倒戈，与叛军一同杀向都城。国君见大势已去，跳入大火中自焚。这是一场改变奴隶命运的大战，也是一场改变历史的大战。

你没有预料到历史将从此改变，只是觉得奴隶们疯了，全都疯了。他们竟敢暴动，把你全家抓起来，准备处死你们。国家已灭，你心如死灰，已做好为国殉葬的准备。然而，当你听到奴隶们骂你是暴虐的恶棍时，你被激怒了。

你认为自己是忠臣、孝子、严父、好人！你可以被杀死，但绝不能被污蔑！怒气冲冲的你大喊："都给我住口！我给你们活干，给你们吃，给你们喝，给你们住，给你们穿，你们不感谢我，还说我暴虐。我怎么暴虐了？"

一个老太婆用尖利的指甲抓着你的脸，愤怒地喊道："你为了给你爹祈福，杀了我的儿子祭神！"

一个老头一口浓痰吐在你脸上，愤恨地说："你让我的儿子去打仗，他死了！"

一个小男孩哭着说:"你儿子杀了我的弟弟!"

面对这些指责,你简直一头雾水。你并不觉得自己的所作所为有什么不对。几百年来,奴隶主们都是这样对待奴隶的,这能有什么错?为什么奴隶们觉得这是在虐待他们?每个奴隶都对你怀有刻骨铭心的仇恨,三个奴隶的控诉,更让大家怒气冲天。

"杀了他!杀了他全家!"愤怒的咒骂声此起彼伏。无数的巴掌、拳头、木棒、农具向你砸来。你用尽全身的力气拼命大喊:"扔一只破鞋是暴虐吗?杀一只鸡是暴虐吗?"但奴隶们只顾着发泄怒火,没人理会你在说什么。就在你面前,他们杀了你的父亲,把他的脑袋当球踢来踢去。然后,他们杀了你的儿子,把他们大卸八块。

被捆在柱子上的你突然有了一种前所未有的奇妙感觉。那种心痛、愤怒以及恐惧混合在一起,冲击着你的胸口,让你头晕目眩。你终于明白,过去你杀奴隶时,他们家人的心情跟你此刻的心情是一样的。奴隶不是破鞋,不是鸡,他们跟你一样也是人。但是一切都晚了。奴隶们七手八脚地把你塞到铡刀下,手起刀落,咔嚓一下,铡了你的脑袋。你没心痛,只是脖子痛。

古人真的『孝』吗

一到年关，父母总喜欢干涉孩子的人生大事，比如催对象、催婚、催生。不管对不对，只要后辈和父母意见不合，他们就会说子女不孝。那么，孝这种观念是怎么形成的？为什么孝在我们心里如此重要呢？

事实上，在母系社会基本上是没有"孝"这种观念的。孝道出现在从母系社会过渡到父系社会的阶段。不过这种观念的出现与生物学上的男女变化没有太多关系，而是与一种经济制度——私有制的出现有关，并在农耕时代得到了进一步强化。

先来看看从母系社会到父系社会以及农耕时代的变化。在母系社会，人类裹着兽皮，拎着木棒，满世界打猎，为了一口吃的到处奔波。那时大多数食物来源是野果。没有现代社会的冷藏、保鲜技术，野果今天吃不完，明天就坏了；鱼肉、兔肉、山羊肉，今天吃不完，明天就臭了。在这种生产技术下，不是说人类没有私有制的想法，而是没有私有制的条件。当时太穷了，穷到没有任何剩余物资的地步，大家经常吃了上顿没下顿。

反过来说，一旦出现剩余物资，人类就具备了产生私有制的条件。那么，人类是什么时候拥有剩余物资的？答案是人类进入农业社会以后。

农业的出现在人类历史上，那可是一次改天换地的大跨越。在此之前，人类满世界追着食物跑，还总是饿肚子。进入农业社会以后，人类不仅拥有了固定的食物来源，还拥有了剩余物资。比如余粮就是一种剩余物资。把粮食保存在通风干燥的地方，存放好几年也能吃。土地也是剩余物资，你把土地打理好，就能传给子孙后人。

那么，剩余物资有了，产生私有制的条件有了，这是不是意味着可以产生孝道了呢？且慢，还差一个条件，那就是得有一个"爹"。母系社会的女人不一定知道孩子的爹是谁，但只要是她生下来的，那就肯定是她的孩子。

当时的男人在不在乎孩子是不是亲生的呢？也不在乎。为什么？很简单，经济基础决定一切。连自己都难养活，何况是养个孩子？但是，为了壮大战斗力，以免被别的部落吃掉，该生还是得生。所以在母系社会，一个部落里的孩子是大家共同抚养，血缘关系只能通过女人来确认。母系社会叫母系，原因就在这里。

但是到了父系社会，这种情况就不能继续存在了。一个男人辛辛苦苦奋斗，攒了一点剩余物资，他愿意随随便便把财产传给一个跟自己没有血缘关系的孩子吗？大多数人肯定是不愿意的。那怎么才能确保孩子是自己的骨肉呢？通过建立家庭，确保这个孩子是自己的。一夫一妻制的家庭观念就是这样产生的。

好了，一个私有制，一个家庭小个体，产生孝的两个条件就齐了。好比说你是个农民，辛辛苦苦攒了几亩地，娶了专属老婆，生了专属孩子。孩子不听话怎么办？挥霍你的财产怎么办？不给你养老怎么办？你生孩子是为了传承私有财产，可不是为了生个祖宗供着。

这时候，你自然而然就想用一种东西束缚孩子，让他听你的，给你养老，守护你的财产，让他将来的人生像你一样。这种东西就是孝。人类需要孝，需要把它当成社会规范，甚至是把它当成法律。孝能延续私有制，巩固家庭小个体的利益。一方面，孝是从下往上的，儿女尽孝给父母养老，保障的是父母的地位和权利；另一方面，孝也是从上往下的，儿女尽孝的过程中，父母会把家庭财产交给儿女，让儿女建立家庭的观念，这保障的是儿女的利益。

这时很多人会有疑问，这种孝是聚焦于维护家庭关系，保护家庭利益，那为什么古代的统治者们还会推崇孝道呢？社会上的个体越原子化越孤立，统治者们不就越容易管理他们吗？尤其是中国古代官方对孝道的推崇，更是将孝顺推到了更高的水平。早期的选官制度举孝廉，再到之后，虽然不再举孝廉，但是孝依旧被作为官方评价一个官员的标准来考量的。比如父母去世，考生要推迟考试，官员要回去守孝三年。

《三国志》里就有"陆绩怀橘"的故事，讲的是陆绩六岁那年，有一次他到袁术家里做客，袁术命人取出蜜橘招待他，但他没吃，而是悄悄藏在怀里。后来向袁术告辞叩头时怀里滚出三个蜜橘，袁术问："你为什么要藏橘子呀？"陆绩回答："我想拿回家给母亲尝尝。"袁术听了大为惊讶，感慨于这个六岁孩子的孝心，日后必成大器。难道孝顺就意味着这个人能力强吗？

而且还有一句俗语叫作"忠孝不能两全"。这样看，孝道似乎是对统治者不利的。难道古代历代统治者都是道德素养极高的圣人吗？他们宁愿牺牲自己的利益也要维护社会的公序良俗吗？事实上，维护孝道是统治者们深思熟虑后的最优解。

这个还是得从生产力开始讲起。自从周朝的井田制全面铺开后，传统中国的生产方式就变成了农业，而农业的生产资料就是土地。土地是不会自己走的，所以农民就必须定居在土地上劳作生产。如果这群人世世代代定居从事农业生产，那么无论时代如何变迁，技术如何更迭，百年之内这群人的人生经历都大体相似。那么长辈的生产经验以及各种人生信条就足以完完全全指导后辈的人生，因此长辈们就自然而然地拥有了教化后辈的权力，或者说义务。

因此，农业社会就有了一种集体公约，拥有教化权力的长辈们会在后辈年弱时无条件地养育扶持他们，而后辈只需要在长辈年老时赡养他们。

而认可这种公约的后辈们就会获得长辈的认可,从而继承长辈的土地,以及房屋财产、牲畜等等。因此,生产文化以及习俗制度就这样稳定而又缓慢地在这片土壤上传承。

在统治者眼里,一个稳定的家庭就是一个非常稳定的生产力单位。只要这个家庭稳定没有崩溃,那么人口、税收等都是可以预估和评判的。所以古代统计人口分配田地是看户数而不是看人头。这一户就是统治者能掌握的最小的一个单位。四海之内,这群人操着不同的方言,有着不同的文化习俗。但是只要这一户人还在,就可以稳定地为统治者们提供人口、粮食和税收。

之后,农业社会逐渐发展到了一个更加专业的阶段,挖水渠修水利,集体防卫外来入侵等等。而到了这种程度,就需要与他人合作了。这群因为各种各样的原因和利益汇集在一起的人们,形成了所谓的"熟人社会",也就是所有人熟悉所有人,彼此对彼此知根知底。

"熟人社会"会形成具有地方特色的道德和传统,这些道德和传统会演化为维系乡土社会稳定的"礼治秩序"。那么,为什么熟人社会需要这些呢?因为人与人之间需要一个评判标准,来决定这个人是否值得信任。而一个人如果连孝道都不遵守,那么与这个人的合作风险就会加大。因此,对于不遵守社会准则的人,就可以通过社会舆论对其施加压力,而不是通过法律和暴力手段。这种舆论压力表现在街坊之间的闲谈,以及各种八卦风评。在古代的熟人社会,如果你因为不守孝而得到不好的风评,那么几乎可以说是步步难行。没有人愿意在农忙的时候与你合作收割,没有人愿意在你置办房屋土地时签字画押为你担保,因为人们都厌恶风险,而你就是那个风险。

古代统治者们也乐得看到这样稳定保守的社会,因为这样他们维持统治的成本就会大大降低。这也是为什么从汉朝起,一个人的道德标准可以作为他是否能做官的标准。人们推崇这样的道德和人格，就会给整个社会带来一种正向的风气，把许多未知风险降到最低。

很多人会因此认为孝道是古代统治者们维持自己统治的手段和工具，所以应该唾弃和推翻，那就大错特错了。孝道事实上是一个值得研究改良然后传承的东西，而且正统儒家的孝道，在一定程度上对于现代社会很多问题都有参考价值和意义。比如正统儒家很早就有政府养老制度，这比西方早得多。

《礼记·王制》里有记载："凡养老：有虞氏以燕礼，夏后氏以飨礼，殷人以食礼，周人修而兼用之。凡五十养于乡，六十养于国，七十养于学，达于诸侯。八十拜君命，一坐再至，瞽亦如之。九十使人受。"这是说，招待老人的宴会，有虞氏用燕礼，夏朝用飨礼，殷商时代用食礼，周朝时期遵循古制兼用三礼。

同时对老人的待遇也有硬性要求：五十异粮（精制细粮），六十宿肉（储备肉食），七十贰膳（两道菜），八十常珍（常食真菌类菜肴），九十饮食不离寝。

随着礼乐制度的建立与完善，养老敬老逐渐被作为一种礼仪确立下来。《礼记·乡饮酒义》说："乡饮酒之礼，六十者坐，五十者立侍，以听政役，所以明尊长也。六十者三豆，七十者四豆，八十者五豆，九十者六豆，所以明养老也。民知尊长养老，而后乃能入孝弟。民入孝弟，出尊长养老，而后成教，成教而后国可安也。"在那个时代，养老敬老由习俗逐渐演变为国家规定的礼仪，也出现了三公五更礼。同时，在这一历史时期，养老礼也逐渐由传递知识向着传承道德层面过渡。

到了汉代，儒礼相对复兴了一些，养老尊老的政策也再度出现。汉朝政府除了用"受鬻法"保证老人的饮食外，还提升了他们的地位。

《后汉书·礼仪志》记载："仲秋之月，县道皆案户比民。年始七十者，授之以王杖，铺之糜粥。八十九十，礼有加赐。王杖长九尺，端以鸠鸟之为饰。"《汉书》也提到："高年赐王杖（即前文中的玉杖），上有鸠，使百姓望见之，比于节……年七十以上杖王杖，比六百石，入官府不趋。"

汉朝政府甚至给老人按年龄发一个手杖。持杖者非常受尊敬，在礼仪上等于县级官员，是一种特殊的爵位。同时为了照顾老人的需要，六十岁老人的家人还可以减免赋税和劳役。一些愿意照顾孤寡老人的非子女人员也可以获得这个待遇，以此鼓励社会人士自发照顾他们，从而保证无儿女的老人也可以善终。这也意味着赡养老人属于一种国家工作，侍奉老人本身就是一种服役。

《武威汉简》记载："年六十以上毋子男为鲲（鳏），女子年六十以上毋子男为寡，贾市，毋租，比山东复。复人有养谨者扶持（即减免租役）。明著令。兰台令第四十二。"

几千年来，孝道不断演进，从知识层面上升到道德层面，从习俗发展到礼仪制度，从中国民间扩展到国家政治。作为衡量一个国家、一个民族的道德标杆，孝道不仅限于单一的礼仪，而是延伸到社会生活的各个方面，成为整个民族文化的重要组成部分。如今，我们不应一味批判，而应走出传统"孝"的观念，跟随时代的步伐，发展出一种创造性的、不断成长完善的健康亲子关系。

一举高中万骨枯

在古代,科举被视作底层百姓通往成功的阶梯。但我要告诉你个很残酷的真相,一举高中万骨枯,参加科举需要的不仅是学问,还有勇气。因为科举之路处处凶险,稍不注意,就有可能命丧黄泉。

你出身贫寒，家境窘迫，全家人的生计都依赖于田间的辛勤劳作。一旦遭遇旱灾或虫害，你们就只能砸锅卖铁、四处乞讨。俗话说，"龙生龙，凤生凤，老鼠的儿子会打洞"，你的父母是农民，你似乎也注定要走上这条种地的道路。而且，家里的经济状况注定你的求学之路将困难重重。

你在五六岁时便展现出了惊人的天赋，更为重要的是，你对读书充满了兴趣。别的孩子还在田间玩泥巴时，你已经在私塾外偷听先生讲课。尽管当时你不理解，但几次过后，你就能将老师所讲的内容流利地背诵给家人听。

你从小就注意到自家与村里员外家的生活的巨大差距，明白了"书中自有黄金屋，书中自有颜如玉"的道理。为此，你天天央求父母送你上学。父母一开始心里是不大同意的，但问了几个村子里稍微有见识的人之后，他们也动摇了。首先，你有读书的兴趣，就超越很多同龄人了，毕竟大多数孩子读书都是靠着父母的监督甚至是棍棒伺候。其次，你小小的年纪就表现出了超强的记忆力，这很了不得。家里决定搏一把，万一你能考上个秀才啥的，那全家就都跟着沾光了。

你的父母左思右想，一天晚上突然郑重其事地把你叫到身边，告诉你他们决定供你读书了。虽然你年纪尚小，但他们还是认认真真地向你解释了这一选择可能带来的机遇与风险。家里会为你买书，让你从头开始学习，并且你不用再像其他兄弟姐妹那样承担家务和农活，只需专心读书。如果你能考取功名，那自然是最好的结果；如果到二十岁时你连秀才都没有考上，家里也不会再拿出任何资源来供养你了。那时，你就必须独立谋生，为自己打拼。

因此，从现在起直到二十岁，你必须为自己和家庭全力以赴，绝不能懈怠。对于你个人来说，如果在二十岁之前连秀才都没有考上，那将是最坏的情况。这不仅意味着你没有考取功名的天赋，也表明你在这段时间内未能掌握种地的手艺。家里自然不会将田地交给你去糟蹋。如果你连秀才都考不上，别人也不可能把自己的孩子送给你教，那你在这个社会上谋生将会变得异常艰难。

即使你尚且年幼，但听了这些后，也深刻意识到了家里支持自己读书所带来的责任和意义。你毫不犹豫地点头，表示受得了。此后，父亲便开始想方设法为你创造读书的机会和条件。家里刚刚经历了一次灾荒，不仅没有积蓄，也没有余粮，只能卖田产。

家里有八亩土地，父亲找到买家，卖掉了三亩，同时自己也签了契约去地主家当佃农。因为家里还有两个大哥，他们可以负责剩下的五亩土地。有了钱，父亲托人从先生那里买来了笔墨和纸张。但光有纸笔还不够，还需要书籍。父亲四处打听后，得知考功名需要读的书，便托人进县里将书买回。

至于课桌和凳子，父亲晚上在地主家干完活后，把院子里长了几十年的老树砍下来，花了半个月的时间，打磨出一张还算合适的凳子和一张不太平整的桌子。

坐在书桌前，你望着书中的内容，感到一头雾水。书上的文字不仅生涩难懂，而且多是书面文言，完全不同于你在私塾偷听课时的白话文。许多字词虽然认得，但连成句子后却完全不明白意思。于是，你鼓起勇气，拿着书去找私塾的先生，才知道这些书需要先生逐句解释，才能理解透彻。听到这话，你顿时泄了气，家里根本无力支付你进私塾的费用，这一切似乎都白费了。

最后，父亲大着胆子，带着粮食去拜访先生，并承诺今后在农忙时节优先帮先生家干活。先生最终同意让你坐在教室最后一排旁听。父亲回来告诉你这个好消息时，你激动得心脏狂跳，因为你终于有书可读了。

由于坐在最后一排，有时候先生讲课的内容你听不清楚。而且，许多同学知道你家境贫寒，性格又软弱，常常在课上或课下变着法子欺负你。但你依旧坚持了下来，因为你知道自己和别人不一样，这是你这个贫寒到极点的农家子弟改变命运的唯一机会。

冬天是最难熬的季节，因为私塾里的火炉只放在最前面靠近先生的位置，而你坐在最后面，是最冷的。后面的门窗漏风，寒冬的冷风透过各种缝隙直吹你的身躯。你不像前排的富家子弟那样有裘皮大衣御寒，只有一件几个兄弟姐妹传下来的百家衣。这件衣服外面是麻布的，里面填充的只有一些破棉花和碎布条，根本无法御寒，有时你冻得连笔都抓不住。一次，几个同学恶作剧，把一个大雪球塞进你的衣服里，导致你感冒发烧，停了大半个月的学。

尽管如此，你还是坚持了下来，并在十六岁时考上了秀才。你深知自己与别人不同，没有任何退路，一旦失败就是万劫不复。你的下一个目标是进府城考举人。然而，这个级别的考试并不简单。第一次乡试你没考上，你以为是运气问题，没想到第二次依然落榜。于是你沉下心来，一边继续认真钻研学问，一边收了几个同样家境贫寒的学生来补贴家用。

现在，你的处境有些进退两难。虽然你考上了秀才，但并没有像其他神童那样接连在乡试中高中，反而两次都没有考上。而如果你专心教书，收学生补贴家用，自己的名气和资历又不够，难以吸引到足够的学生，无法完全养活自己。虽然秀才的身份免除了你的徭役，见了县太爷也不用下跪，但你的生活依旧艰难，毕竟举人和秀才的地位可是天壤之别。

如今家里的光景更加艰难。兄长们已经分家独立，几个姐妹也都嫁人，只剩下你，因为年纪最小且还在读书，只能依靠年迈的父母。

乡试的时间再次来临，你思索再三，终于下定决心再考一次。这一次，你一定要考取举人。咳嗽得直不起腰的父亲听了你的决定后，仍然默默支持你。为了凑足盘缠，父母卖掉了家里的耕牛。离家的那天，你远远望着田里像牲口一样拖锄头的父母，默默发誓，将来一定要十倍、百倍地报答他们的恩情。

进城的路上，你与一位商人家的同窗结伴而行。作为同窗，他一直嫉妒你的才华，常常在先生面前揭你的短，但你并不在意，因为你知道他的陷害无法剥夺你的努力成果。每次背诵经典、写作文章，你都胜他一筹。

然而，他家境富裕，你们一同赶路，他住客栈，你只能在破庙中将就对付。每到这种时候，他都会得意地掂量着自己的钱袋子。你只感到好笑，枉读几年的圣贤书，他竟如此浅薄。不过，虽然你嘲笑他的浅薄，但没钱的苦头，你只能自己承受。你的鞋底早已磨穿，走在满是石子的官道上，每一步都是煎熬。脚上的伤口反复被刺破，已经发炎流脓，每走一步，钻心的痛都让你满头冷汗。

夜晚，你躺在破庙的草垛上，用秸秆小心地剔除藏在伤口中的石子。尽管你动作谨慎，秸秆碰到暴露的血肉时，痛感依然让你叫出声来。你强忍着剧痛，从衣服上撕下一块布条，把伤口包裹起来。就这样走了五天，你们终于到了府城。远远望着府城，高耸的城墙、威风凛凛的旗帜、闪着金光的府衙，这些地方是多少人只能在戏词中听说的！

不久之后，你要用你的才学征服这里！你仿佛已经看到自己骑着骏马穿梭在大街小巷，四周的男人投来艳羡的目光，女人们向你暗送秋波。你骄傲地坐在马背上，朝着府衙走去。

一入府城，同窗便弃你而去。你记得先生说过，要想高中，必须巴结考官。这些考官都是当今理学界的名人，他们的话就是真理。然而，主考、副主考的门槛已被踏破，你只能去普通监考官家里走动。监考官家里也站满了人，你看到他正与几个公子哥推杯换盏，其中竟有你那失联的同窗。原来，他家虽是乡下有钱户，在府城仍不够看，只能跑到监考官家里献殷勤。

看到同窗不停地给监考官倒酒夹菜，你打心眼里觉得恶心。但现实面前，你也不得不低头。你硬着头皮走向监考官，奉上准备好的礼物。监考官不屑地嗤笑一声，让你排队在礼单上留个名就可以走了。这个礼物是你用家里东拼西凑的钱买的，居然只换来一声嘲笑？你真想把礼物直接甩在他脸上，但你忍住了，现在得罪考官，你连应试资格都会失去。

终于到了大考的日子，站在贡院门口，你暗自发誓一定要考上，要征服所有人。还没回过神，你就被书吏拦了下来。他用厌恶的目光打量着你，最后紧盯着你那双快要露出脚趾的鞋子。你尴尬地往后退了一步。他摆了摆手，打发你从左边走。你看到同窗在你身后偷笑，他被分到了右边。

进入考场，你才明白左、右的真正含义。左边的考棚破败不堪，屋顶的茅草早已脱落，而右边的考棚都是新修的，棚顶的挡板还刷着木漆。你有些害怕，万一下雨，试卷被雨水打湿，那可是大不敬的罪名，轻则剥夺考试资格，重则流放甚至杀头。你忽然感觉有点荒唐，还没考试，命运之神就开始安排生死。

连续九天,你被困在狭窄的考棚中。拥挤的考场热得像个蒸笼,苍蝇在你耳边嗡嗡飞着。你不停喝水,冰冷的水滑入你干裂的喉管,是唯一能让你保持清醒的东西。而在考场的另一侧,那些全新的考棚中,光亮的木漆映照着士子们名贵的华服。他们摇着蒲扇,品尝着点心和茶水,仿佛置身于另一个世界。

你带的干粮已经变质,上面爬满了蛆虫。你饿到发昏,只能扒掉表面的蛆虫,紧闭双眼,屏住呼吸咬上一口,皱着眉头吞咽下去。然而,随之而来的是连续一天的腹泻。考棚里的马桶快要被填满,整座考场的蚊虫都向你的考棚拥来,分享这场盛宴。你除了试卷之外,别无草纸,只能任由粪便留在身上,结痂变硬,如锋利的针头刺激着臀部。秽物混杂着汗水,在皮肤上发酵,令你奇痒难忍,如坐针毡。

夜晚,雨水还是来了。你只能小心翼翼地将试卷卷起,揣入怀中。你全身的衣物已经湿透,但只要试卷完好,你就还有一线希望。马桶已经彻底溢出,腥臭的污水混合着雨水冲刷着地面。地面此时已变得泥泞不堪,你破旧的鞋子沾满了淤泥与污物,脚上的伤口再度感染,针扎一样的疼痛直抵心脏。这一切你不得不忍受,只为一个微不足道的机会。

你掰着手指头默数着日子,三天、两天、一天,考试终于结束了。你很努力,也很幸运,你通过了乡试。发榜那天,人们簇拥着你向你道喜,你的同窗落榜,在一旁阴恻恻地看着你。你没有理会他,也没有注意到,他的眼神已经变得凶狠而毒辣。

那几天是你最幸福的时光。你仿佛看见自己家门前竖起了高高的牌坊;你的父母搬进了崭新的大院里;你的心上人深情地看着你,满眼自豪。然而,你先等来的是差役。他们踹门而入,粗暴地将你拽起,给你套上沉重的枷锁。明亮的钢刀,黝黑的锁链,犹如致命的闪电。

不等你从惊愕中缓过劲来，就被扭送到衙门。堂官拿了一块砚台，摔碎在你面前，你看见破碎的砚台里赫然藏着一个小抄。你傻了，作弊的念头你动都没动过，怎么会凭空冒出个小抄？你全身抖得像筛糠一般。堂官喝问："这砚台是不是你的？从实招来！"

猛然间你发现，这砚台虽然熟悉，却不是你的，而是你同窗的。你瞥见公堂一侧，你的同窗正凝视着你，带着瘆人的冷笑。瞬间，你一切都明白了，他看你中举眼热，与人串通调换了你的砚台，栽赃给你一个莫须有的罪名。你不顾尊严地哭喊着冤枉："大人，我没有抄袭，我是被人陷害的！"

"混账！证据确凿，还敢狡辩，给我上刑！"板子一下下落在你的身上，鲜血从你的喉管喷涌而出。你再也无力辩白，只剩下痛苦的哀号。

乡试作弊，秋后问斩！漆黑的狱中，你无力地躺在草席上。都说寒门出贵子，大概这贵子，是踩着一万具寒门书生的尸体，才越过那高不可攀的龙门的吧。

古代死士为什么愿意为雇主而死

死士，顾名思义，是愿意为主人赴死的人。不少人认为，古代有那么多穷人，只要有足够的钱，就能轻而易举地招纳为自己献身的死士。事实上，要真正招到誓死效忠、不计生死的死士，要用到的绝对不只是钱。

你出身良家，身世清白。家里虽然不是多大的富户，但名下的二十亩田地因为靠近水源，土力肥沃。你和父亲靠着几头耕牛和农忙时节雇来的短工，把家业经营得蒸蒸日上。

假以时日，你和弟弟娶上媳妇，你们家也有可能成为当地数一数二的大户。这样的想法不是痴心妄想。弟弟天资聪颖，而且勤奋好学，9岁熟读四书五经，10岁精通诗词歌赋，11岁跟先生辩经，把先生驳得哑口无言，甚至被县里的教谕专门过问。照这种趋势发展下去，十几年后，家里人丁旺盛，田地连片，弟弟再考上个功名给家里做个照应，日子只会越过越好。而且如今的皇上也是圣明之君，在群臣的辅佐下，河清海晏，国泰民安，绝不会出什么大乱子。

可惜这样的好日子很快就被打破了。你们同县的一家大户人家，原本跟你们是八竿子打不着一撇的，但近来他们家好像冲撞了什么东西，开年以来诸事不顺，这个月还因为害病，家里连死了三个仆人。

这大户人家找了个风水先生，一算认定问题出在你们这里。原来很多年前，你们家的宅子和田产属于他家祖上，经过灾荒、疫病，几番周折后，流到了你们手里。按照风水先生的说法，你们家年前新开的水渠，断了人家祖上的气脉，所以他们家才如此倒霉。

那户人家带着家丁，声势浩大地前来"商讨"换地之事。你对他们口中的风水之说嗤之以鼻。他们分明是觊觎你家这片水土丰美的田地——谁掌控了这块地，年景不济时，只需坐等旁人收成见损，便可趁机低价收购，再以水渠连通四方。几代人下来，周围的田产尽可一一吞并。

你抬头看父亲，只见他沉默不语，全家都在听着那满脸横肉的大户在屋中冷言冷语，咄咄逼人，愣是说你们动了他家的祖坟风水。他带来的家丁们举着短棍站在一旁，神情嚣张，给主子助威。

一番威逼利诱之后，这大户终于说到了关键：他们愿意拿他名下的二十多亩地跟你们换。你的父亲看着大户提前印好的白契，倒吸了口冷气。这么好的田地，不管怎么换都是吃亏，可他们竟然要拿刚从半山腰垦出来的荒地和你们换。荒地土质瘠薄，灌溉困难，根本不堪耕种。这样的亏谁都吃不起，所以无论这个大户怎样威逼利诱，你的父亲始终没有松口。

熬到深夜，见一时半会儿拿不下你的父亲，大户撂下一句"你给我等着"，便带着自己的人马扬长而去。你站在门口，看着他们离去的背影，担忧这个大户日后会故意找碴报复你们。但转念一想，这太平盛世，地方吏治正常运转，肯定出不了什么大乱子。

然而，平静的日子还没过几天，家中几头耕牛便莫名暴毙于田间。你们想也不用想都知道是谁干的。可是一来人家大业大，你们不敢登门理论；二来你们也没有证据。

耕牛对于你们这样的农耕家庭来说金贵无比，没有它们，田里的农活根本干不完。但你们还是咬牙忍了，只盼这场风波就此散去，双方井水不犯河水。

哪知不过数日，那大户又带人找上门来，依旧是为换地而来。父亲态度坚决，仍不答应。你原想着，对方最多不过是又拿些阴招敲打你们，但事情后来的发展完全超出了你的想象。

那天，你独自在家翻整农具。家人都在田里务农，太阳落山时便会回来。天色渐暗，已近归时，但你左等右等都没人回家。你心里发虚，慌慌张张起身直奔田里。直到踏进那片熟悉的地界，你才远远望见——

那一幕，如同梦魇。

母亲跪伏在父亲的身上，哭声撕裂黄昏。父亲浑身是伤，粗布织成的衣服竟然被打烂成了布条，血迹斑驳，在晚风中微微晃动。弟弟倒在一旁，气若游丝，脸上毫无血色。

这天夜里，你叫了四五个郎中紧急救治，但弟弟和父亲都没能挺过来。这就是你们拒绝大户的代价。

你带着满腔冤屈冲进县衙申诉，却被告知：你父亲故意垄土关渠、拦断邻人水源，是被愤怒的"村民"围攻致死的。老爷撂下一句话："你若能找出带头闹事之人，本县自会主持公道。"

这哪里是什么村民？明明是那大户使唤的人！可你无从辩驳。田里已无劳力，母亲独力难支。你明知在这县里讨不到公道，一咬牙，贱卖了田产，只身赶赴省城，只为一线翻案的希望。

省城里，像你这样来申冤的人多如牛毛，衙门口挤满了衣衫褴褛、眼神绝望的申诉者。而那些真正握权的官老爷，连影子都难见。

你四处奔走、不断托人、到处塞钱，一拨又一拨自称"有路子""能搭线"的中间人接踵而至，承诺满口，收钱利落。可半年过去，你等来的不是翻案，而是一堆无法兑现的承诺和一个个消失不见的背影。你的钱被这伙人骗了个精光。在这期间，老娘也因为所受打击太大而离世。

半年后，身无分文的你回到了家乡。昔日门前的青砖已碎，老屋院角长满了草。你看见院后山脚下，三座荒冢沉默伫立。不到半年，一个欣欣向荣的家庭，一棵可以荫庇无数人的大树就此倒塌了。没有任何人付出代价，没有任何人发出一丝声音。

那二十亩田早就转到了那个大户手里。如此明摆着的事情，县里却不肯帮你主持公道，一来，是收了好处；二来，那大户在州府还认得一位能说得上话的故交，所以知县实在不想多事。

一番苦酒过后，你壮起胆子，揣起藏在怀中防身的短刀，披着夜色，摸向了那户人家。那大宅请了些地痞做家丁，但那些人不过是些走狗混混，夜里根本没人留宿。院中只剩两名看门的长工，一个没来得及开口便被你结果了，另一个鬼哭狼嚎地冲出了院门。

这大户家的院子虽说不小，但大户和家眷的屋子一点也不难找。那座高悬飞檐、灯光透出的宅院，就是主家所在。

灯火在风中轻颤，随着屋内一声凄厉的叫喊，那点微光也被惊扰，缓缓熄灭。整个宅子随之沉入黑暗，再无人出来点灯。

你站在门槛内，周遭一片寂静，只剩下自己的喘息声在空旷厅堂中回荡。空气仿佛凝滞，一切都停在了那一刻。

你望着眼前残破狼藉的屋宇，终于大仇得报。丢掉短刀后，你原本打算束手就擒，伏法认罪。但等待良久，官府的人马都没有出现。稍微恢复理智后，你突然生出了强烈的寒意和悔意。就算大仇得报，但你的家族也彻底跟着烟消云散，所有的期盼、对未来美好光景的念想在你的心头泛起，又被你强行按下去。上了刑场，一刀下去，你就没命了，你父母的荒冢也会被人平掉，这一切的开始竟然是因为一场田地纠纷。

在震惊和恐惧中，你出逃了。你还想活下去，还想追寻更多的东西。

之后，为了躲避追捕，你改名换姓，辗转流离，四处乞讨为生。日子最难的时候，甚至在寺庙门口蜷缩过几个寒夜。百般周折之后，你被一户豪门收留。一开始，他们只是知道你身负人命，把你简单安置在府里做些杂务。没多久，他们打探到你的虚实。出人意料的是，他们非但没有将你赶走，反而给予了你更好的待遇。

是的，你成了他们豢养的死士。

那些地痞流氓，豪强们根本看不上，顶多让他们干些偷鸡摸狗的勾当；至于犯了官府律法、前来避祸的逃人，在这里也不过是普通人。日常待遇一般，还得干各种杂活累活。毕竟他们与社会的联系尚未彻底斩断，随时都可能离开此地，另谋生路。还有一些人虽背负人命在身，但多因一时冲动、被琐事激怒而犯下命案。这样的人虽可一用，却难以真正托付重任。

而你不同。你背负血海深仇，本是良家子弟，却走到了绝境。这类亡命之徒，是这群人中最稀缺的存在。

你已被彻底剥夺了回归正常社会的可能。你不再属于任何人间制度，只能在这里重新活一次——必要之时，也必须为此而死。

所以，你的待遇极高。你不必像其他人一样干那些杂七杂八的活儿，也不必为吃穿用度发愁。只要不离开这座府邸，你几乎可以做任何想做的事。

这座府邸,与其说是宅子,不如说是一个自给自足的营寨。院落星罗棋布,数十亩田地围绕四周,还有林场、马厩、铁匠铺、磨坊、杂货铺,甚至配备了一个不小的操练场。

你是在这里,才第一次真正理解了什么叫"强权"。过去你以为,田地就是一个人力量的来源——谁的地多,谁说了算。你也曾以为,自己斗不过那个大户,只是因为自己的田地比别人的少。

可在这里你才明白,真正的力量,远不止土地、金钱和门第那么简单。

这里聚集着一群被官府通缉的亡命之徒,其中不乏杀人重犯,像你一样背负血仇的人也不在少数。但他们生活得井井有条,各司其职,秩序分明。你们的食物、衣物、日用品,不可能完全遮掩于世,每天其实都有不少外人出入。可即便如此,却从未有人告密——或说,也许有人告过,但你们仍然安然无事。

这里不是王治之外的土地,不是大漠生烟的塞外,不是朝廷力不能及的瘴毒之地,而是江南,是帝国的腹地与命脉。这里的命官是严加挑选的,这里的吏治被朝廷反复敲打,这里的税收是帝国的经济命脉。可你们,依然安然无恙地活在这里。

这,才是真正的力量。

愈是细想,你愈发觉得,那位偶尔来此巡视的男子,深不可测。

府中有人悄声提醒过你,他才是真正的主人。而你,也从未忘记这点。

每次他现身,不必言语,不需威吓,举止平静,却自带一种不怒自威的气场。仿佛这座府邸的一砖一瓦、每一个人、每一口呼吸,都在他的掌控之中。他像是天生便被命运选中，要主宰这一切。

也许是出于他的有意安排，你娶了府中的一位丫鬟为妻，甚至生下了一个儿子。

你的妻子并非低声下气的仆人，在这府中，她从事着一份普通的工作；而你的儿子，也和府中其他孩子一起读书、玩耍，与少爷们在私塾之间自由进出，未曾受到冷眼或歧视。你每日只做些轻松的杂务，不辛苦，也无须用心。没有人追问你的过去，也无人刻意探查你是谁、从哪儿来。仿佛你本就是这府里的一部分，再寻常不过。

这一切平静得过于反常，反倒让你生出一种不真实感。仿佛曾经所经历的种种，不过是一场噩梦，而此地才是你真正的归宿。但你心里始终明白自己住在这里的原因，以及那个人收留你的意图。

终有一日，你要离开这里，去做一件只能去、不能回的事。可能是明天，可能是下个月、下一年，甚至是下一刻。无论如何，它迟早都会来。

因为你知道，能走到那样位置的人，从不做无用之事。他赐你安稳，不是出于仁慈，而是你尚有利用价值。而你这些年的所受所享，终将被算作"代价"，偿还之日，绝不止于性命那般简单。

终于，那一天来了。

这一次，那人没有巡视府中事务，而是亲自唤你与他同庭共饮。这一次，你感受到的不再是威严冷峻，而是一种环绕四周的亲和。推杯换盏之间，没有任何不快，没有上下之分，似乎他是你久别重逢的旧友。

他过问你的生活，询问你的近况，你那调皮的儿子跑过时，他还会亲切地摸一摸你儿子的头，笑意盈盈地看着他走开，眼里甚至含着长辈对后辈的期许。饭后，你以为他终于要开口交代那桩注定要你赴死的差事，可他只是淡淡问了些生活琐事，便起身告辞，未留一句多余的话。

你平复了忐忑的心情，心中仍然疑惑不已。

接下来几日，依旧没人来给你布置什么任务。直到某个黄昏，他带着好酒好肉来到了你的住处，又与你痛饮了一场。酒酣之时，他讲了许多你从未听过的、只属于"大人物"之间的故事。酒毕之后，他照例起身离去，没留只言片语。

他后来又来了两次，一如既往，只饮酒，只聊天。你终于领悟了——

这样的大人物，行事讲究体面。他不愿开口要求你去死，他要你自己说出"我愿意"。

终于，在又一场觥筹交错之后，尽管酒意上头、醉眼蒙眬，你的内心却空前清醒。你放下酒杯，跪地长拜，郑重说出了定下你结局的话："鄙人无功于大人，蒙受庇护至此，深感惶恐。今日见大人眉间挂忧，却迟迟不言其由，实令在下愧疚难安。今既受此厚恩，唯愿以性命相报。此命轻重，不足道，只愿解大人一忧，尽在下一心。"

他静默片刻，长叹一声，重重地放下酒杯，将你亲手扶起。

你知道，那一刻起，你的命运已无法回头。

这些年来，主人已经为你提供了很好的庇护；而这一次，他更是为你准备了一笔你无法拒绝的恩惠。

只要你完成这次任务——

你的妻子将成为真正的自由人，不再是府中役人，不再受人驱使；

你的儿子——这些年虽也在读书识字，表面上与人无异，可实际上，他始终是个"黑户"，根本没有参加科举的资格。你们无田无业，一旦失去依靠，既无法应试求仕，也无法立足乡里，他极可能流落街头，沦为城墙根下的流民。

而只要你把这件事办成，他就会获得真正的身份；他将被持续供养，直到成年自立。

你的妻子也不再无依无靠——在主人的安排下，她将衣食无忧，平安终老，不再被人欺辱。

你父母的坟墓与牌位，也会被迁至妥善之地，年年上香，不至于年头一久就被人推平。

你的血脉，你的姓氏，你的家族，将因此得以延续，得以重生。

而他交给你的任务，确实是难如登天，远不止"一命换一命"那样简单。

你必须在指定的时辰、特定的地点，刺杀一名正乘轿赴任的朝廷官员。你不仅要行刺成功，而且绝不能当场自尽。你要等着伏法——被官府缉拿、受审、验明身份，最终堂堂正正走上刑场，才能算真正"完成"。

这场仇杀，必须有来龙去脉，有因有果，有情可讲，有理可陈。

按照安排，事成之后你要主动被擒。但在后续的审讯中，你不能暴露幕后之人，不能提及任何布局与交易。

你要咬死一套说法：你这些年漂泊流亡、乞讨为生，今日一怒拔刀，是为旧仇——当年一家三口惨死后无处申冤，也是你一人的私仇，与旁人无关。

你心里明白——不论成败，这一趟你都活不成了。但为何还要如此周折地走这一整套流程？这其中的利害关系你不大懂。

原因其实很简单：若你行刺之后立即自尽，几乎所有人都能看出来你是受人指使。只要稍通权谋，便能顺藤摸瓜，直指你那位主人。地方如此，朝廷亦然。而只要你坚持"私仇报复"的说法，走完整个审理程序，最终伏法，就能蒙住大多数人的眼睛。

你当然知道，落入官府之手后，等待着你的将会是各种酷刑拷问，这痛苦是普通人所不能承受的，但你必须撑。

因为——这，是你血脉得以重生的最后机会。

就这样，你如约完成了行刺，被关进了大牢。你刺杀的官员位高权重，州府官员不够格审理。案件直接惊动了刑部，派官员亲自前来审讯。当然，无论是哪个级别的官员审问，用刑是绝对少不了的。

在这昏天黑地的大牢里，你的身体越来越虚弱，尽管用刑越来越重，但你感知到的痛苦越来越弱。

"快要结束了。"在黑暗中，你告慰着自己。

最后，无论官员们如何施压、使尽手段，都无法撬开你的嘴。眼看着再用刑，你等不及上刑场就要咽气了。而这种大案，朝廷会直接过问，用刑把人弄死肯定是不行的。眼见从你身上再也掏不出更多供词，而你那套"私仇报复"的说辞又合情合理、证据充足，于是案件尘埃落定，你被推上了刑场。

行刑前一刻，还有官员问你有什么要交代的。

你心里明白，只要你将所有隐情和盘托出，此案牵连极广，足以再让你多活数日，甚至转押入京审问。许多人在濒死前都会崩溃，会喊出那不该喊出的名字。但你没有。你不需要。

你是真正的死士。

可为死士之备者三。下者，家无恒产且无父母妻儿，此等人只需晓以钱帛前途便会相从。中者，曾有父母妻儿，却没于乱世或卖身为奴，此等人心中满是怒气，稍加点拨便可悍不畏死。上者，不但曾有家室还有仁义，后却尽失，此等人不但好乱乐祸还颇有智勇，可为中坚。

你，正是那"中坚"。你死得悄无声息，你献出的不是一条命，是你曾拥有过的一切——亲人、身份、未来。你把整个人生，押在了他们得以活下去的希望上。